末日森林

舊樂園與新世界

III

崑崙——著　ALOKI——插畫

目次

開場

從空中往地面俯瞰，會看到無數黑壓壓的影子覆蓋大地。

若再細看，會發現這些影子其實都是人，一個個呆立不動。

失去火焰與電力，城市最終像森林一樣安靜，連風都不再有聲音。

蔓延的雜草將乾涸的紅漬與屍體抹去，從骨骸的眼窩探出全新的花。

所有意識都像靜止的湖面。湖上沒有人跳舞。

女人與小女孩做了夢。

好多人都做了夢，落入虛無漫長、沒有終點的夢境。

一 海邊小屋

海邊小屋。

遠方的海平線將海與天劃分，陣陣海浪拍打岸邊，發出沙沙、沙沙的規律聲響。白色浪花捲起了細碎泡沫，隨著浪潮退去一併消散。

一隻小小的螃蟹從沙洞中探頭，小心翼翼又鬼鬼祟祟，才正要離開沙洞，海水再次湧來，將小螃蟹淹沒。待海浪退去，小螃蟹早已躲回洞中。

王蛇眺望晴天的海，無袖背心與海灘褲的打扮看似悠閒的觀光客，實則是在等死的人。

在倒數的日子裡，王蛇過一天是一天。

這個永生樹最惡名昭彰的僱傭兵，少去玩弄人命的戲謔心與嗜殺的戾氣，現在看起來相當平靜，有接受命運的淡然，也藏著幾分不再反抗的無奈。

以前王蛇嫌活著太漫長，現在則是恨不得能有更多時間。可惜獲取再多傭金都買不來任何一秒鐘。時間就是如此珍貴又殘酷。

過去王蛇被施打的無數劇毒混合成莫名其妙的糟糕玩意，侵蝕血肉且感染入骨，讓他被宣判只剩幾年可活。

王蛇注定要死。

死亡不可怕，可怕的是王蛇不知道還剩多少時間，會不會眨個眼就突然斃命？但他比以為的死期活得還要更久，是莫名其妙的幸運。

這份幸運甚至讓他可以好好打理這間小屋，從原先只有一張椅子的冷清模樣，陸續置入更多家具，足以舒適過活。

這是王蛇至今的人生中少有的悠閒。

綠眼少女走出小屋，是輕便短上衣與短褲的休閒打扮，頭上戴了頂遮陽草帽，看起來像是渡假的旅客。這樣慵懶的氛圍緩和了她冰山般刺人的氣質。

峨嵋坐下，與王蛇一起看海。

「不坐過來？」王蛇問。

「才不要，你有汗臭。」

「怎麼可能？我剛剛沖過澡。」王蛇誇張地嗅了嗅腋下，又拉起衣領仔細聞著，確定沒有味道。

「沐浴乳多擠一點，最好整瓶都擠光。好臭。」峨嵋掩鼻，故意別過頭。

「這樣說就過分了。」

幾分鐘之後，峨嵋默默坐近，挨著王蛇。

「不是嫌我臭？」

「閉嘴。」

王蛇笑了，連峨嵋也忍不住跟著笑。

王蛇伸手揉亂峨嵋的頭髮。笑彎眼的綠眼少女抓住他的手，作勢要咬。王蛇沒抽手，峨嵋的嘴巴微張，貓眼似的綠色眸子凝視著他。

王蛇輕輕把峨嵋拉到懷裡。峨嵋沒有抵抗，順勢將頭靠在他的肩上，閉眼聽陣陣海浪聲，以及他平穩的心跳。

「你好像不太一樣？」懷裡的峨嵋問。

「這樣都被妳發現，最近照鏡子覺得我好像變帥了。」

峨嵋用力搥了王蛇一下，打斷他的油腔滑調。

「我說不上來，好像變得更有生命力？你在好轉嗎？」峨嵋又問。

王蛇沒答。自己的身體怎麼樣他最清楚，的確有新變化，與之前容易疲乏相比，最近精神特別好，卻不像是臨死前的迴光返照。

王蛇驚訝發現，彷彿每個細胞都充滿蓬勃的生命力，過去從未如此，可以說是這副肉體至今為止的最巔峰狀態，像度過嚴冬迎接春天到來的新芽，那樣急於成長，著急地渴望破土似的。

早在峨嵋提出疑問之前，王蛇就先察覺到了，只是隱瞞不說。不敢給她希望，深怕後續的期待落空會帶來更重的傷害。

王蛇寧願峨嵋接受他注定要死的事實。

「你在想什麼？」峨嵋問：「有事偷偷瞞著我？」

「哪敢呢？我的大小姐，我什麼都沒隱瞞。」王蛇的目光從海面移開，順著接近的車聲看去。

一臺汽車從小屋附近的道路經過，像被什麼追趕似的，那種態勢在匆忙中帶著逃亡的茫然。

「這幾天車變多了。」峨嵋有被打擾的不悅。

「大概是『淨土』那個鬼病毒爆發了吧。現在人多的地方最危險，所以一堆人急著逃出市區。」

王蛇說得滿不在乎，一副世界毀滅也與他無關的口吻。

自從王蛇與峨嵋來到這棟海邊小屋，便澈底不管外界動靜。那不是值得掛心的事，面對更加限縮的壽命，王蛇無法浪費在不願意關心的事物上，哪怕只是一毫秒都嫌可惜。

峨嵋的頭仍然枕在王蛇的肩上，他用指尖捲動她的髮絲。峨嵋也任由他。本來應該是寧靜的看海日常，在規律的浪潮聲之中，再度闖進引擎的雜音。

又是一臺汽車經過，然後又一臺……

「到底有完沒完，為什麼都往海邊逃？往山裡不好嗎，還可以吸取芬多精啊。」王蛇怒罵。

更讓王蛇惱火的不只這些，有幾臺汽車停在小屋附近的平坦空地。乘客陸續下車，都是攜家帶眷的組合，似乎打算暫時在此露宿。

「我的大小姐，我發現一件事。」

「什麼？」

「不管多美好的風景，只要人一多就完全毀了。我還以為好不容易找到的這棟小屋夠偏僻了，可以安靜過日子。結果這些逃難的蟑螂還是跑來這裡了。我實在不需要鄰居這種多餘的東西啊。」

「你想弄死這些人？」峨嵋問。

「啊，真是給了好提議，我是不介意多死一些人啦。不過這個提議先保留，我去弄清楚現在狀況到底多惡劣？實在太多人了。」王蛇輕拍峨嵋，讓她離開他的肩膀。

「小心。」峨嵋低聲提醒。

「我去去就回。」王蛇掀開衣服下襬，讓峨嵋看見藏在褲腰的手槍。

傴傭兵朝那幾臺車走去。

席地休息的民眾們見到他過來，都起了戒心，幾名壯年男性直接站起，投來警戒不悅的眼神。

王蛇注意到這些人之中沒有老人。反正他已經不受「淨土」的影響了，雖然遭受感染，但體內莫名奇妙產生抗體，不會再失控殺害老人。

「冷靜點。」王蛇在距離二十公尺左右時停下，雖然不認為這些民眾有任何威脅性，但還沒有必要給自己製造麻煩，「你們是在逃難吧？現在狀況這麼慘？」

「你沒有看新聞嗎？有一個瘋子製造了病毒，然後一堆人就瘋了，飛機一直掉下來、到處都是車禍還有老人被殺。好多人親手把自己年邁的父母殺死，」一個看起來是一家之主的男人說，口氣充滿不耐煩，「還有那些流氓、垃圾到處搶劫殺人……。」

「這樣啊，真是太不幸了。」王蛇說，情況跟預料的差不多。「你們是打算在這露宿？這幾天都有車經過，要躲人的話，這裡不夠安全。」

王蛇並非真的擔心這些人死活，只是想嚇走他們，省得礙眼。

「還能去哪？更偏僻的地方就不好找食物了。你知不知道哪邊可以弄到吃的？」那名男人問。

「往那個方向一直過去有賣場，順利的話可以找到東西吧。有一段距離，要有耐心。」王蛇故意指了一個更加偏僻、少有人跡的方向。

與王蛇對話的男人點頭，沒有道謝，神情凝重又焦慮。普通人在毫無預警的情況下，面對「淨土」帶來的巨變，會有這樣的反應實屬難免。

王蛇也懶得多說，這些人看起來無法提供其他有用的情報，只能確定市區裡的慘況。

王蛇走回小屋，露宿的民眾投以渴望又充滿疑慮的眼神，一個媽媽對王蛇喊：「可不可以借你家的房間休息？我小孩坐整天的車很累了。」

傭傭兵當沒聽到，繼續走。那名媽媽又喊：「喂！你有沒有聽到啊，可不可以房間借我們？我家小孩真的很累！」

那又怎麼樣，妳家小孩關我屁事？王蛇只是心裡想著，懶得回嘴。

坐在小屋前的峨嵋看著這邊動靜，王蛇露出鄙棄的笑容，示意她別理這些人。

王蛇回到峨嵋身邊，沒有坐下。看似隨性自然地將手搭在腰間，按在褲腰藏起的槍上。

王蛇知道人跟狗一樣，要嚇過才知道要乖。如果這些民眾還敢廢話，要打擾他與峨嵋，他絕對不介意開槍警告。

峨嵋抬頭看他。

那雙綠色的眼睛一如他每次所看到的，都要再度驚嘆，是他在這世界上所見過最毫無雜質且純粹的東西了。

「你的心情被影響了。」峨嵋說。

「是啊，以為每天可以跟妳開開心心看海，結果多出這些死了也不可惜的雜魚。」

王蛇回頭看了一眼，那名媽媽還在覬覦能借用王蛇這間小屋休息，王蛇這一回頭，與她視線撞個正著。兩個身高只到那名媽媽腰間的孩子在她身邊打轉。

「不要浪費時間在他們身上。」峨嵋勸阻，免得王蛇隨手宰了這幾車逃亡的家庭。

「放心吧，我的大小姐，我也懶得浪費力氣。他們活不久的。」王蛇伸出手，峨嵋便把手搭了上來，覆在他的掌心上。都是已成自然以至於太習慣的默契。

「妳的手指就連夏天都還是涼的，末梢循環不好喔。」王蛇一如往常喜歡亂說話。

峨嵋伸出另一隻手搥了王蛇，隨後讓他拉起。

「我的大小姐，今天想吃什麼午餐？」王蛇問。

「菜單上有什麼選擇？」

「問得好，有全熟蛋三明治、七分熟蛋三明治、半熟蛋三明治、三分熟蛋三明治……。」

「這些熟度根本沒有差別。你不管怎麼煎，最後都會變成全熟。」

「給個面子嘛，幹麼急著揭穿我？不然多放幾片生菜，還是妳想要加點蛋殼補充鈣質？」

「如果你加蛋殼，我就連盤子一起塞進你嘴裡。」

「妳捨得嗎？不怕我會吃太飽……啊喔！這下有痛！」王蛇捂著又被搥打的手臂。

兩人相偕走進屋裡。

二 拷問室

血的味道。

滿室飄散血腥氣味，還有人的哀號。

哀號之後是陣陣無法收止的狂笑，笑聲之癲狂簡直像瘋了一般。

笑聲的主人的確快瘋了。

刀刃一再切開皮膚、鑲進肉裡，在溢出的鮮血中一毫米又一毫米緩慢移動，分分秒秒帶來極大的疼痛，沿著神經衝擊腦細胞。

沒有正常人類可以抵禦這種痛楚。

——斐先生也不例外。

這個試圖顛覆世界秩序的狂人，此刻被固定在鐵鑄的受刑椅上，渾身赤裸只剩一條底褲。繩索的固定範圍以關節為主，牢牢綁縛住斐先生的手腕、手肘、頸子、腰部、膝蓋、腳踝等部分，露出大面積的皮肉。

斐先生的四肢已經染成溼淋淋的紅色，遍布剜肉後的缺洞。軀幹暫時完好無缺。

下刀的人十分精準，不讓斐先生太快死去，現在的他還有存活的價值。

「啊啊啊啊——哈哈、嘻嘻啊啊啊啊——」

斐先生的慘叫中夾雜癲狂的笑聲，笑完又開始慘叫。激烈的疼痛在剝奪他的理智。

失去那副慣有的紅色鏡片眼鏡，斐先生總算見人的雙眼用力閉緊，擠出深深的魚尾紋與眼淚。透明溼潤的鼻涕從鼻腔湧出，流過嘴脣與下巴，在張嘴哀號時與唾沫一起拉扯成絲。

鮮血不斷從椅子扶手滴落，又或是沿著小腿流淌。滴滴答答。落在地面鋪平的透明防水布上。

面無表情的松雀戴著手術手套，鋒利的手術刀讓剜下的肉片與斐先生分離。他拿起細心切割的肉片端詳。很薄，足以透光。

松雀把肉片放進旁邊的鐵盆。盆中清水已經被染成汙濁的紅，肉片載浮載沉。

手術刀又一次抵在斐先生的肉上，松雀挑了嶄新的下刀處。

斐先生全身覆滿汗水，激烈地喘氣：「唉、啊呀……這是第幾片啦？」

松雀沒答。

手術刀切開斐先生的肉。

「啊——」斐先生激烈震顫，仰頭大叫，手指無法克制地怒張，隨即又緊握成拳。如此不斷反覆，遭到刺激的傷口湧出更多血。

松雀神情平靜，專注地切肉。

啪噠！松雀看也沒看，把肉片扔進盆中，濺起水花。

這裡是松雀的刑求室。

刑求室整體色調是人骨色的淺灰。牆面與天花板都做了良好的隔音處理，無論被刑求的人如何哀號都傳不出去。

這裡沒有多餘刑具，就擺了張椅子。四隻椅腳鑲進地板，像遭受刑求的人要跟這張受刑椅一樣困在此地。

松雀的刑求方法很單純，採用古代的凌遲酷刑，用手術刀剜下一片片的肉，下刀精準地避開主要血管。被刑求的人會流血，但離死亡很漫長，還要親眼看著自己的肉與身體分離。

沉默的松雀手上動作不停，一片又一片，這讓斐先生的受難似乎永無止盡。

松雀的身後是就近護衛的僱傭兵愚獴——或者該說是掠顱者崆峒。

崆峒前些日子被王蛇與同為掠顱者的峨嵋聯手擊退。幸虧松雀預先安排人手救回，否則現在擔任護衛的恐怕已經換成別人。

在經過密集的治療與休養之後，崆峒已經能離開床榻，繼續待在松雀左右。

崆峒一改過去貼身俐落的穿著，換成寬鬆的運動裝束，因為身上有些部分還纏著紗布與繃帶，寬鬆的衣物能避免擠壓傷口。

不變的是崆峒仍然戴著遮光用的棒球帽，帽舌刻意壓低，只隱約露出雙眼。

崆峒垂頭站立在旁。自從獵殺王蛇的任務失敗，掠顱者便是一副犯錯沒臉見松雀的羞愧樣子。但松雀絲毫不追究，還繼續將她帶在身邊。

這讓崆峒非常感激。

掠顱者天生擁有強大的殺戮本能，這份肉體的強悍卻沒有造就精神上的堅韌。相反的，掠顱者的精神層面異常脆弱，多的是瘋狂不受控制的。

對於崆峒而言，她無法承受被拋棄的下場，這將從內部澈底毀滅名為崆峒的這個存在。

掠顱者終其一生都在逃避瘋狂的本質。這讓崆峒格外珍惜能待在松雀身邊的機會，那是少有的平靜時刻。

現在刑求室充滿濃郁的血腥味，斐先生刑求過程更是悽慘，這都沒有讓崆峒的表情有所改變。

儘管掠顱者能夠輕易感知周遭所有人的情緒，但是有了松雀的存在，便讓崆峒無比安定。何況她感受不到斐先生的恐懼——這個瘋子不害怕發生在自己身上的刑求。

「說出所有抗體的下落。」在割下數不清第幾片肉之後，松雀終於開口。

這也是第一次松雀舉著手術刀，沒有讓刀刃切開斐先生的肉。

飽受折磨的斐先生劇烈喘氣，享受難得不被割肉的空檔。他口齒不清地問：「你是要殺死抗體，還是想量產解藥？」

松雀沒答，只以嚴厲的目光回敬。

「讓我猜，我猜猜看……。」斐先生混濁的眼裡有興奮的光，「你這個人很嚴謹，做事重視規則。從你下刀我就知道了。三分鐘？三分鐘對吧？你維持這樣的速度割掉一片肉。我說對了？對吧，我就知道。我不是只顧著慘叫，像我這種熱衷實驗的人很重視數字。」

松雀迅速下刀，從斐先生的小腿肚割下一大塊肉。在後者放聲的哀號之中，松雀冷酷表示：「也可以三秒鐘割掉一片肉。我有很多方式折磨你，直到你說出抗體的下落。」

斐先生閉起眼睛，從眼皮擠下的汗水沿著鼻梁滾落。

「抗體分散在全世界，現在往哪跑我都不知道了，我又沒攔住他們。不要氣餒，我不喜歡製造太難的遊戲規則。」

「光是製造『淨土』就讓一切變得很複雜，你真正的企圖是什麼？」

「真正的企圖？」斐先生搖搖頭，中邪般驚呼：「原來凌遲這麼痛啊！世界的變化就是這樣超出想像。你們一定沒想到會有科學家為了消滅過剩的老人，所以不惜製造病毒。像我就沒想到會被這種方式刑求，果然處處是驚喜！電擊呢？浸水？拔指甲？都沒有嗎？」

松雀再割掉一塊肉。

「啊啊啊啊——」斐先生發出前所未有的淒厲哀鳴。

即使在這之前斐先生被割去許多肉，都沒有這次叫得慘。因為松雀改變手法，以能帶來極度痛楚的方式切割。

「我沒有興致陪你玩尋寶遊戲。」

松雀不打算玩遊戲。這是工作。在斐先生的公開宣言之後，松雀就收到委託邀請。委託人要求捕獲抗體，以便製造解藥。

松雀沒有任何猶豫便接下這份委託。不管世界混亂與否，他都有自信以永生樹管理者的身分自居，並處理所有委託。

無論多少老人被殺、無論政府如何停擺、無論多少混亂邪惡的暴徒藉機大鬧，松雀都不在乎。既然擁有掌控永生樹的野心，松雀怎麼可能因為病毒引發的動亂就收手，安分等待風波平靜？

他仍然接受委託並且執行。親自執行。

「給你抗體的資料又能作什麼，你有把握一定找得出來？」斐先生咧嘴笑，嘴邊有黏稠的白色細泡。「我猜你可以，你找得出來！你就抓到我了。捉迷藏我很有自信，從小就在行，結果還是被抓到了。你是行家？」

「不必猜測我的身分。你有兩個選擇，一是交代抗體的下落，二是交出製作解藥的資料。」

「來不及了。我知道一定會有人找上門，早就把所有的數據跟資料都銷毀了。這種東西跟不倫戀一樣危險啊，太刺激了千萬不能留著。我手邊什麼都不剩。對象都是隨機挑選的，就是讓人反感的隨機綁架，注射抗體後丟下他們自生自滅，現在連長什麼樣子都忘了。你要繼續逼供嗎？很可惜問不出東西了，我只會被凌虐到死。換個方式吧？一直切肉太無聊了，讓我死得有趣一點。」

「我們有很多時間。」松雀慢條斯理地說：「多到可以逼你誠實交代。」

「龜兔賽跑啊？你要賭是老人先被殺光，還是先抓到抗體製造解藥？我一定是押老人被殺光光。差點忘記我也是老人了，我也得被殺才算賭對。所以拜託你換個方式不要一直切肉吧？其他的老人我倒是不擔心，一定會死到一個不剩。我相信『淨土』！這是傾注我畢生心力的巔峰作品。最棒的病毒！」

「我不趕時間。」

「我喜歡你的從容。」雖然飽受松雀的折磨，還極有可能要慘死在刑求室，斐先生仍然大方稱讚，「你有沒有想過，在我跟你閒聊的時候有多少老人又因為『淨土』被殺？你不趕時間，無助發抖的老人可能沒辦法等太久。」

「這跟我沒關係。」

「真是太從容了。你好適合在大安森林公園來場悠閒的野餐，青草茶配炸雞怎麼樣？再加一些美式辣醬。說得我都嘴饞了，這裡有供餐嗎？」

「繼續廢話吧。我有很多時間可以消磨。」

「我猜錯了，真的猜錯了。」斐先生恍然大悟，搖搖頭。「要找出抗體還想製作解藥，但不在乎有多少人被殺。本來以為你是想要拯救世界，結果是錯誤答案。你是收到委託。」

猜對了，松雀不在意，這不是需要保密的事。即使被斐先生知道立場又如何？仍然改變不了這名瘋狂科學家遭受刑求的事實。

斐先生繼續說，像要把握死前僅有的機會多說話。

「最近我跟拿錢辦事的人很有緣。以前的合作夥伴就是搞器官交易的，你聽過嗎？一個叫 Miss S 的，很棒的暱稱對吧？本人真的有施虐傾向，喔別誤會，不是那方面的虐待狂，是很精明冷酷的女人。她辦事我放心，一百分啊一百分。」

松雀沒回應，讓斐先生自顧自說下去。

「同類型的人會自動聚集在一起，所謂的物以類聚還真有它的道理。Miss S 帶了也是拿錢辦事的人來拜訪我。雖然我不是拿錢辦事的類型，只是懷有改變世界的美好夢想，不過跟那個人很投緣。他同樣信奉弱肉強食。說起來還真巧，那個人剛好變成的第一批感染者。我設計的假實驗真是害慘他，真的是很不好意思啊，幸好我給人報酬從不手軟。」

松雀眉頭一皺。斐先生提到的這些遭遇莫名熟悉。

「真不得了，真的很不得了。抗體的數量一開始就決定好了，留太多抗體的話就沒意思了，不會有人珍惜，會像過剩的老人讓人看了就煩。結果那個人啊……啊！真是太有意思了，可以說是天選之人吧？感染後竟然在體內產生抗體。明明『淨土』不是那麼友善的東西，要自主產生抗體不容易，可能性比中樂透頭獎還低啊，不愧是充滿各種可能性的『淨土』！好美妙的變異！」

「那個人是什麼來歷？」

「問得真好！反正不是我製造的抗體，不用特別保密。」

「說。」

斐先生給出名字。

松雀臉色大變，居然真的是那個混蛋！

松雀的反應讓斐先生非常愉快，興奮地說：「看起來你認識啊？動作最好要快呀，從檢測結果來看，那個人不是單純產生抗體，體內的『淨土』還往全新的方向變異。最後到底會變成什麼樣子，連我這個作者本人都不清楚。如果你看到了一定要跟我說，有機會請你喝青草茶。

「機會難得，我再加碼吧。記得剛剛提到的 Miss S 嗎？記住啊，這是關鍵名字。因為她擅自帶人拜訪我，基於禮尚往來的概念呢，我當然要好好地贈送回禮，Miss S 身邊跟了一個女孩，我對那個女孩注射抗體了。臉色不要那麼難看，是正常的打針，一切都是合乎禮儀與規矩的，絕對沒有違反道德，不會被ＦＢＩ通緝的！哈哈、哈哈。

「興奮嗎？開不開心？現在你同時擁有兩個抗體的線索了，去試試看吧，像玩捉迷藏一樣找出來吧！在新世界完全降臨之前，你能來得及嗎？」

斐先生戲謔的笑聲響徹在刑求室，與濃重的血腥味久久不散。

三 管理者

在永生樹的招待所之中，獲取抗體情報的管理者站在落地窗前，俯瞰底下漆黑的街。現在電力的供給變得非常不穩定。街道的路燈時常沒有作用，若不是夜裡不時傳出騷動與叫喊，這座陷入黑暗的城市真像死去似的。

這座招待所配有緊急供電設施，基本的電器使用尚且不成問題。加上有松雀麾下的僱傭兵看管，令那些妄想趁機大鬧的暴徒無從發揮，甚至有幾人在招待所外被僱傭兵射殺，形成血淋淋的警告。

松雀的臉色鐵青，沒料到事情會發展至此。

崆峒如幽靈般守護在旁，因為感應到松雀散發的怒意，讓她泛出冷汗，不敢輕易接近。

「那個瘋子有沒有說謊？」松雀問。

「沒有。」崆峒小心回答。

身為掠顱者，崆峒可以辨識心跳中的不自然，正好被松雀拿來當作測謊機使用。她判定斐先生說的全是真話。

竟然是王蛇！松雀皺眉，那個陰魂不散的垃圾竟然產生抗體。

先前僥倖讓王蛇逃過一劫，沒有成功將之獵殺，這讓松雀至今仍然很不痛快。沒想到兜了一圈，又要再度碰頭。

幸好王蛇不是唯一的線索，另外還有與 Miss S 同行的女孩。除了尋找抗體，松雀現階段還有其他需要處理的事項。

松雀來到會議桌前坐下，陷入沉思。

在除去貓頭鷹以及與第二代有淵源的僱傭兵之後，松雀現在將目標直指第二代。

他專程安排僱傭兵監視第二代的動靜，找機會製造第二代的死亡。最好要盛大又戲謔，讓所有人都知道，從此永生樹屬於松雀。

第二代已經澈底撇下永生樹不管，可以說是與逃亡無異。

會議室的門被敲響，首先開門進來的是一名穿著套裝的女性，她向松雀點頭致意。這是屠立委的貼身助理，卻非先前僱用的甜䴉。

松雀也注意到那名熟面孔不見了。

「甜䴉呢？」松雀問。

「另外有任務安排給她。」現身的屠立委說。

這名政客舉止從容，完全沒有被近期混亂的局勢影響，因為他是少數提前得知「淨土」存在的人之一，更阻斷了政府方搶先應對的時機。

——屠立委親自下令，殺害試圖提供情報的恩師陳教授。

松雀與屠立委省去握手寒暄的不必要環節，各自入座後切入正題。

「抗體目前有兩條線索，一個是曾經隸屬永生樹的僱傭兵王蛇，一個是與斐先生有合作關係的Miss S，她身邊的女孩被注射抗體。」松雀說明。

「我認為可以分頭尋找，隨時交換情報。」屠立委說。

「我也正有此意。」松雀說：「王蛇由我處理，我知道他的行事風格，相對更有把握。」

「那麼Miss S身邊的女孩交給我。」

松雀對崆峒示意，掠顱者取出早已預備好的牛皮紙袋，放到屠立委面前。

「這是 Miss S 的相關資料跟照片。她曾經經手器官交易。」松雀說。

屠立委露出富有深意的微笑。

「怎麼了？」

「我知道她。」屠立委說。

當初屠立委就是想從 Miss S 這邊搶來器官交易名單，結果奉命執行的閻山組搞砸了，整件事也就不了了之。

現在器官交易名單已經派不上用場，「淨土」所帶來的災難，遠比名單更加駭人有效。

「看來我們各自都有未解決的問題。美國傳來消息，軍方派遣的小隊會在之後抵達，由我負責接待。這個小隊將加入獵捕抗體的行動，必要時可以分派人手給你使用。」屠立委說。

這次松雀與屠立委再度聯手，是接受了美國政府的委託。美國試圖製造解藥，卻被斐先生安排的人手搶先破壞實驗室。

這個瘋狂的科學家知道美國會採取的相關措施，早一步做出對應，為的是讓「淨土」盡情瓦解舊有世界的秩序。

這導致美國決定除了修復試驗室，還要同步尋找其他抗體。除了可能落在美國本土的抗體，還打了地狹人稠的臺灣的主意。

屠立委在局勢一片混亂時搶先與美國聯繫。能夠與這樣的強國合作，他當然是求之不得。

「明白了。保持聯絡。」松雀說。

「保持聯絡。」屠立委起身。

女助理替屠立委開門，待屠立委走出門外，才跟著離去。

結束了一場會議，松雀還沒能閒下，接著展開新的對話。

松雀聯絡了遠在越南的圓缸，一如往常採取管理者慣用的加密視訊會議。

這個臉龐圓滾滾的管理者神情惶恐。

「貓頭鷹失去聯絡了……她是不是被……。」圓缸搖搖頭，「我有些權限被限制了，是不是第二代的意思？」

「這個懦弱的接班人放棄永生樹，只顧自己的命。貓頭鷹的空缺不必填補。」松雀不再廢話：「現在永生樹歸我掌管，你要為我辦事，還是被除名？」

「是你動的手腳。」圓缸恍然大悟。在震驚之後，顯露更多的是哀傷。「早就知道你非常偏執了，一直以來都想搶走永生樹嗎？」

「這本來就應該是我的東西。」松雀宣示並且提醒：「你還沒回答我的問題。」

「貓頭鷹呢？」

「這不在討論的範圍。」

圓缸沉默幾秒，心中有更多的了然，捕捉到真相的一角。

圓缸緩緩說：「你看過越南漁港的夕陽嗎？夕陽會慢慢掉進海平面，海上的船隻都變成黑漆漆的。我第一次看到這樣的景象時，真的被深深震撼，然後是平靜，非常、非常的平靜。很奇怪，失去管理者的位子，我並不覺得可惜，而是想起看著漁港夕陽時的心情。不管是什麼樣的原因，最後祝福你。再見了松雀。」

圓魟離開會議。

松雀對於圓魟的決定並不訝異。

在他的認知之中，正恰好是圓魟的作風，既不戀權也不愛爭鬥。

剩下最後一個管理者。

石龍子待在自己經營的兩棲爬蟲專賣店。

基於安全考量，她將鐵捲門全部降下，像把店面包攏在鐵殼裡。鐵捲門外觀看似普通，實際上以強化材質製成，可以抵抗普通子彈與一定程度的撞擊。

即使如此，石龍子仍在桌面觸手可及的地方放了手槍，以便應付任何可能的突發狀況。桌面下甚至藏著一把衝鋒槍。

雖然這間店面經過特殊設計，擁有緊急供電裝置，但她決定節省用電，此時點著蠟燭。

就著燭光，石龍子望向店裡眾多的爬蟲缸，實在感到頭痛。這些爬蟲的飼料遲早會耗盡，到時候真不知道該拿什麼來餵牠們才好？

她鍾愛的那條玉米蛇纏在頸上，吐出蛇信，像在安撫她的焦慮。

「啊，好乖、好乖。」石龍子輕輕撫摸玉米蛇，光滑冰涼的鱗片如此順手好摸。「除了你們的食物，我也要擔心自己哪天會沒東西吃呢。」

石龍子回到櫃檯，解鎖手機，試著連上加密的情報網站。這是會員制的網站，成為會員是一筆不小的支出。

因為現在電力的供給時好時壞，所以她盡可能節省用電，將手機保持在飛航模式省電，謹慎考量每次的使用時機。

各大新聞臺已經無人工作，但這個情報網站還是相當盡職，持續更新消息。這讓石龍子不免去想，負責經營的傢伙恐怕是異常狂熱或擁有大把時間的閒人吧？

石龍子點選境內消息，目前有一支最新上傳的影片。

她點下播放。

影片中的建築物非常眼熟，幾名憲兵與特勤人員從中央塔樓的窗戶攀爬出去，把升起的旗幟扯下，改將某樣物體插上旗竿。

拍攝距離偏遠，只能隱約辨識，但石龍子自認不會看錯，特徵太明顯了。

——是人類的頭顱。

石龍子猜測被殺的必然是某些高官，這些人終究是老了，難怪淪為感染者的殺害目標。

「淨土」果然如斐先生所說，早已造成大範圍的傳染，讓石龍子更堅信絕對要避免群聚，同時也確定影片中這些被殺害的官員不會是最後一批。

現在擁有任何頭銜都不代表能夠保命，說不定還會招來殺機。

石龍子相當慶幸，雖然政府失能，許多官員陸續遭到殺害，但部分水電網路設施近期仍在運作，也許是那些自動系統尚未被破壞或停擺。

維持國家運作從來不是靠幾名官員就能完事，而是底下的基層人員兢兢業業在付出。石龍子明白這個道理，懂得選舉跟懂得做事兩者完全不同，有些人很擅長、也只擅長前者。

擱在櫃檯的筆記型電腦跳出通知，是管理者會議的邀請。石龍子發現是松雀發起的，而且只邀請她一人。

「什麼鬼？這個囂張又礙眼的傢伙想做什麼？」石龍子遲疑，沒有同意會議邀請。

「反正一定沒好事。」石龍子移開放在鍵盤上的手，改拿電子菸，吸取充滿沁涼薄荷味的尼古丁。「這個也得省著抽，抽完不知道得去哪裡才能補貨。可惡的『淨土』……。」

望著飄散的煙霧，石龍子回憶這幾日的劇變。

永生樹的多數僱傭兵停止接受委託，或許是各自逃命或趁機作亂了。貓頭鷹則失去聯絡，礙於街道不安全，石龍子沒有冒險去貓頭鷹所待的神祕電影院查看。

至於圓缸……

說人人到，筆記型電腦又一次跳出會議通知，這次是圓缸。

石龍子馬上同意邀請。

「嗨，圓缸，你那邊都還好嗎？」石龍子發現圓缸的表情相當微妙，「怎麼了？」

「松雀找過妳了嗎？」

「有啊，就在剛才。我拒絕了，不想單獨跟他對話。你知道的，我對松雀只有滿滿的反感。」

「我不再是管理者了，」圓缸的語氣相當平靜，藏著淡淡的遺憾，「松雀把永生樹搶走了，問我願不願意為他做事。」

「原來他是為了這種事才發起會議。我一定也是拒絕！」石龍子這次毫無顧忌，當著圓紅的面大口吸電子菸，否則無法平息內心的憤怒與焦躁。「那個混蛋……誰稀罕在他底下做事啊？」

「原來妳會抽菸……啊，松雀還取消了我很多權限，說不定無法再從這個管道跟妳聯絡了。來交換其他的聯絡方式吧……在失去貓頭鷹的消息之後，我希望至少確保妳平安無事……之前約好一切都平息後，妳跟貓頭鷹要來越南找我，讓我好好招待你們對吧？這個約定會一直、一直算數。」

圓紅說著眼眶泛淚，忍不住吸了吸鼻子。

「哎唷你這樣讓我也想哭了。我想想，現在還有什麼其他的管道可以聯繫……咦？圓紅？」石龍子愕然看著中斷的視訊會議，圓紅那邊的通訊被切斷了。

石龍子嘗試幾次，隨即發現自己也沒了使用管理者加密會議的權限。

「一定是松雀那個混蛋！」石龍子煩悶地吼出聲。剛才拒絕加入松雀發起的會議，一定是被解讀為拒絕替他辦事了。「動作也太快了吧。以為我真的稀罕管理者這個身分嗎？」

石龍子不屑地撇嘴：「去搶吧，盡量去搶！祝你下地獄，松雀。」

四 Miss S

經過連日的混亂屠殺，受到「淨土」蹂躪的民眾終於危急地想到糧食的問題。陸續有人冒險離開安全的隱蔽處，來到街上尋找食物。有擔心子女挨餓的父母、有結伴的情侶、也有獨自行動的青壯年。

他們依照往日的習性，往超商與大賣場這類鄰近又方便的地點移動，像是在尋覓起司或餅乾碎屑的老鼠，那樣緊張又小心翼翼。

本來該是車流不斷的馬路忽然冷清死寂，交通號誌不再有意義。在令人眩暈的強烈日照下，詭異地沒有呼嘯的車聲，沒有無意義的喇叭聲，更失去人的喧囂。幾臺翻覆的車輛阻在路上，有燃燒過的痕跡，散落灰燼與碎塊。車裡的駕駛早已沒有動靜。騎樓裡除了凌亂斜停的摩托車，還有挨牆坐著的死屍，血肉外翻的傷口覆蓋已成棕色的血汙，白蛆在肉中蠕動。

幾個尋覓食物的民眾忍住噁心，摀著口鼻走過散發腐爛臭味的屍體，然後幸運地發現藏身在小巷裡的雜貨店。

這間店面外觀老舊，不如超商引人注意，也讓它得以在這種時候還沒被搬光。

一個老婦人趴伏在門口，背脊插著菜刀。

看起來像是電影般的荒謬景象，卻真實地宣告老婦人已經死透。

為了食物而冒險的民眾不會發現，這名老婦人其實就是老闆。已經死去的人沒有留意的價值。

這幾人探頭進去雜貨店，發現裡面已經有其他人。

一個正在翻動白米袋的刺青壯漢首先瞪視，像是護食的狼立即變臉，還抓起攜帶的鋁製球棒，毫不客氣地恐嚇。

這些人鼓起勇氣，就近拿了門口附近的小餅乾。裝在塑膠袋裡的餅乾都碎開了，但看上去沒有腐壞發霉，讓他們慶幸至少不算空手而歸。

幾人佇立在門口，背後受到陽光猛烈的烤晒，渴望地看向陰涼的店裡，看看有沒有機會能另外拿點食物。冰箱裡的飲料雖然退冰，但對口渴流汗的他們來說無比誘人。

「借過。」

在他們覬覦飲料時，傳來冷酷又不耐煩的女性聲音。

這名女人戴著棒球帽與墨鏡，身後背著乾扁的登山背包。她擠過徘徊門口的群眾，踏進雜貨店，不客氣地把店裡的罐頭與乾糧往背包塞。

隨著女人的動作，其他人也跟著擠進雜貨店，不放過每個貨架，恨不得能把整間店都搬走。

鏘！起先霸占雜貨店的刺青壯漢拿球棒重敲地板。

「放下，我有准你們拿嗎？」

女人的雙眼藏在墨鏡後，看不見眼神，讀不出情緒是遲疑或膽怯。

壯漢舉起球棒，指著女人說：「妳，就是說妳，全部放下！」

女人依言照做，把罐頭放回架上，然後將手探往腰後，拿出預藏的手槍。

沒有警告與威嚇，女人乾脆俐落地開槍。

眾人嚇得抱頭四散，只有刺青壯漢走不掉，扔掉了球棒，抱著冒血的大腿慘叫。在醫院停擺的現在，他可能無法受到妥善的治療，最終死亡。

女人拿著槍，掃視一圈。「全部蹲下，不准亂動。」

即使食物無比誘人又珍貴，和平安樂慣的平民百姓在槍口前還是要安分停手。

女人當著他們的面，把罐頭跟麵包胡亂塞進背包，還開了冰箱拿走罐裝咖啡跟運動飲料，完全無視沮喪與憤怒的注視。

這些民眾眼睜睜看著女人搜刮食物，把原先乾扁的登山背包裝滿，鼓脹得幾乎要炸開。

在這之間，刺青壯漢不停哀號，從傷口溢出的鮮血很快浸濕了整條長褲。讓這些羔羊般不敢反抗的民眾更加害怕。

只有女人不受影響，擺明是對刺青壯漢的死活無動於衷。也讓這些人深怕多了一點輕舉妄動，就會跟刺青壯漢一樣吃上子彈。

最後，女人背起快要比她身體還龐大的登山背包，手舉著槍警告所有人，慢慢退出雜貨店。

「救救我、血止不住……。」刺青壯漢在哭。

女人連看都沒看，帶著搜刮的物資離開。外頭陽光毒辣發燙，卻暖不了她的血。

女人的血是冷的，也必須冷血。

她是冷血的 Miss S。

夜終於深了。

Miss S等很久了。

她悄悄推開頂樓小屋的門，凝聽外面的動靜。

沙沙的風聲令人不安，很遠的地方有倉促的車聲出現又消失。

單從Miss S所聽到的部分，至少今夜還算平靜。她沒有放鬆戒心，踏出屋子前首先將手槍上膛。

「大姊姊？」待在屋內的阿倪輕聲呼喚。

阿倪穿著輕便好活動的外出服，腳邊擱著裝得鼓鼓的背包。Miss S同樣做好外出的準備。

「先別出來。」Miss S把槍舉在身前，探頭檢查門口周圍，「如果我有任何狀況，馬上鎖門。」

Miss S壓低身體，快速接近頂樓的外牆。她停頓幾秒，知道接下來要賭上自己的運氣，只求不要看見不該看的。

Miss S在心中快速倒數三秒，然後謹慎抬頭，只露出一對眼睛窺視樓下漆黑的巷道。

——幾臺翻覆的機車阻在其中一邊。

——另一頭延伸的岔路沒有受阻。

——巷內無人出入。

更重要的是沒有老人，Miss S刻意無視被壓在機車底下的屍體。至少是死的，不會誘發「淨土」。

與王蛇這個超級感染者接觸之後，Miss S遭受感染，必須時刻提防範圍內的老人，避免被「淨土」影響而失控。

今晚的路燈發亮，Miss S的家中同樣有電，不過近期的供電與通訊時好時壞，電器能夠使用的時間非常不穩定，消息的流通更是有限。

這讓 Miss S 必須親自確認許多事。

Miss S 移動視線，頂樓的優勢高度可以觀察到更遠的區域。路上無車行駛，有零星車輛被棄置在馬路正中央。Miss S 沒去猜想車輛底下是否同樣壓著屍體，另外有東西吸引她的注意力。

——有什麼在移動。

Miss S 瞇細眼睛，試著看得更仔細，猜是趁半夜出來尋找物資的民眾，但這說不準。

在「淨土」爆發後，什麼事都有可能。

Miss S 果斷決定，首先要避開有人出沒的那塊區域。因為無法預知現身的會是什麼樣的貨色，一般民眾好處理，但如果包含老人……Miss S 不想讓阿倪看見她殺人。

遠處空曠的馬路竄過幾臺摩托車，引擎的尖嘯與駕駛像猴子般難聽的笑聲遠遠傳進 Miss S 耳裡。這個小車隊呼嘯而過，沒有紅綠燈與警察的制止，這些人越加放肆。

Miss S 並不擔心，這是普通的小癟三，沒辦法造成多大危害。這幾天夜裡都有這種貨色出來飆車。即使末日將至，反智的人種也不會停止喧鬧。

幾聲槍響驟然出現，伴隨急煞聲與重摔的慘叫。

Miss S 沒看見剛才那些飆車的人下場如何，肯定的是務必遠離傳出槍聲的區域，即使這變得越加困難。持有槍械的人遠比預期更多，這段日子不時的槍響堪比過年煙火。

「有人開槍？」阿倪挨在門口小聲問。

「沒事，那裡不在我規劃的路線上。」Miss S 壓低聲音回應。

除了搜尋有人活動的位置，Miss S 沒有忽略遠方高竄的黑煙，即使在夜裡都看得清楚。Miss S 不能確定發生什麼事，即使只有黑煙沒有火光，仍是無庸置疑的惡兆，不必多加思考也知道該避開。

不祥的風聲嗚嗚作響。發寒的涼意襲來。

在室外待久的 Miss S 返回屋裡。「再加件外套，等等出發。死小孩妳不要擔心，不會有事，離開市區後狀況會好很多。」

今夜跟阿倪逃到郊區是 Miss S 設定的首要目標。

當初 Miss S 還在為斐先生工作時，因為投資房地產的回報很不錯，所以她已在郊區置產。後來尋覓新居所時，她考慮到郊區的生活機能不方便，所以仍在市區落腳，租下現在這間屋子。那間郊區的房子正好成為眼下預設的避難所。

若非必要，Miss S 也不願意貿然移動，偏偏這陣子親眼目睹人潮群聚有多危險。

「淨土」的感染者四處殘殺老人，凶殺變成稀鬆平常的景象。

沒受感染的正常人為了保護自家長輩，被迫與感染者搏鬥，結果反倒感染「淨土」，回頭殺死那些本欲保護的長輩。

Miss S 同樣製造了幾具屍體，理智如她也無法抵禦「淨土」發作，回神後才發現手裡握著槍，子彈則鑲在面前老人的身體裡，奪去這些衰老的生命。

這個時代的老人太多了，多到像落葉、像路邊的菸蒂般常見，到處都是衰老待宰的肉靶子。經過連日的血洗，過剩的老人總算少了些。

遭到感染的不只是一般民眾，軍警也爆發大規模感染。

在斐先生的公開宣言發布當晚，有幾座軍營傳出激烈槍響。

至於警察，他們不僅殺害了署內長官，Miss S 先前外出搜尋物資時親眼目睹一隊警察襲擊養老院。收容的老人們遭到槍殺或警棍活活打死，警察下手的動作之快之狠毒，連 Miss S 都來不及出手。

那是血淋淋的虐殺秀，毫無憐憫的公開處刑。

這讓 Miss S 確信現在坐擁槍枝的單位會是最危險的，其次是爭搶食物的暴民。

也是為了收集食物才讓 Miss S 拖到今晚。要離開市區應該越早越好，甚至在斐先生發表公開宣言後就立刻離開。可是當時局勢未明，Miss S 不敢輕舉妄動。

Miss S 跟阿倪不可能用空氣填飽肚子。這陣子 Miss S 不惜孤身犯險，盡可能收集物資。

今晚是時候了，不能再拖了。幸好 Miss S 還不算遲，這幾天仍有收穫。

Miss S 沒讓阿倪知道罐頭與物資都摻了血——全是平凡民眾的鮮血——這與阿倪無關，是 Miss S 親自扣動扳機，不只一次以子彈達到目的。

「再去拿件外套，晚上開始轉冷了。妳不能著涼。」Miss S 催促。

阿倪乖乖聽話，鑽進房間找衣服。Miss S 則再一次拿起飼料。

Miss S 站在鬥魚牆之前，卻無法再放入飼料。半小時前已經餵過了，每隻鬥魚再也吃不下，多灑飼料只會汙染水質。

偏偏 Miss S 還是忍不住，幾乎是下意識拿起飼料。

鬥魚們察覺到她的情緒，在缸中鼓震魚鰭。

Miss S 捨不得。這些全是她親自挑選又細心照養的。每一隻鬥魚都有各自的故事與來歷，她還能細數每一條鬥魚是從什麼樣的水族店買來、當時是什麼樣的天氣、鬥魚被帶回來時又有多虛弱。

現在 Miss S 必須拋下牠們，捨棄這些她稀罕地付出感情，全心全意照料的鬥魚。

「我好了。」返回的阿倪照 Miss S 所要求，手裡拎了外套。

「好。」

——只是幾隻魚罷了。

Miss S 對自己說謊，忍住不再看鬥魚牆，心裡卻有一個念頭悄然浮出。她知道鬥魚是很頑強的魚種，耐餓也能忍受糟糕的環境。

也許等「淨土」引發的混亂平息之後，再度回來的那一天，說不定這些鬥魚還能好好的、好好的等待她吧？

Miss S 不願再多想。

「走吧。」Miss S 撇頭往門口走，回頭看見阿倪正在跟鬥魚們揮手道別。

Miss S 也偷偷揮手。

背著登山背包的 Miss S 與阿倪在狹小的樓梯間艱難下樓，拖著的行李箱增添了下樓難度。背包與行李箱都裝著重要的物資，在這樣混亂的局面，保有這些物資非常重要。

Miss S 把手槍藏在腰間，這是目前少數能倚靠的保命手段。

正如她觀察的，現在的狀態演變成擁有槍械的人說話最大聲，所有的秩序都崩潰了，回歸到最原始蠻橫的狀態：憑武力決定一切。

Miss S 判斷，除了感染者殘殺老人，另外必定有許多勢力會趁機作亂，都是混亂邪惡的集合體，是藐視舊有秩序的狂人與野心家。

「淨土」帶來的不只是屠殺老人的新世界，更是生靈塗炭的地獄。

所以 Miss S 得逃，帶著阿倪逃得越遠越好。遲早會有人找上阿倪。

想到這邊，Miss S 忍不住回頭。阿倪吃力地扛著另一只行李箱，但完全沒抱怨，年幼的她也知道事情的嚴重性。

——妳不會有事的。

Miss S 本來想這樣對阿倪說，卻發現全無把握。

不是以武力見長的 Miss S 再明白不過，在這樣的亂世憑她的一己之力終究有限。她忽然很懷念熊叔，那個沉穩又溫暖的戰鬥狂。若是有熊叔保護阿倪……

Miss S 無法再多想。逝者已逝。現在只能用盡所有手段不讓阿倪受到傷害。

終於抵達一樓。冒汗的 Miss S 與阿倪放下沉重的行李箱，讓痠痛的手臂休息。Miss S 不忘注意鐵門外的動靜，沒有聲音就是好事。

「我去把車開過來。聽到我回來就把行李箱扛出來。動作要快，我們要離開這裡。懂嗎？」

阿倪用力點點頭。

「等我回來。」Miss S 轉身要走。

阿倪突然拉住她，表情是藏不住的擔憂。

Miss S 沒有因為被打斷而惱火。她不是從前的那個人了。

「我不會有事。仔細考慮過才決定今晚出發的。不要擔心，我手邊有槍。而且我也不是老人，不是感染者的攻擊目標。」

阿倪還是無法被說服。不管是誰都怕重要的人有任何一點閃失。

「妳不能因為老是叫我阿姨就覺得我真的很老。」Miss S 反倒自嘲起來。

「那是故意亂叫的……一定要小心喔。」阿倪小聲說。

「別擔心。我知道怎麼應付這些。」

Miss S 輕輕掙開阿倪，打開鐵門。

五 Miss S之二

鐵門之外明明是與往常一樣的巷弄景象，現在卻異常陌生。

路燈奇蹟似的還有光，但不能肯定供電什麼時候會中斷，至少這兩三天的用電無虞。路燈提供了照明，也增加 Miss S 暴露的風險。

「等我。」Miss S 輕聲說完，在阿倪擔心的目送中關上鐵門。

Miss S 沿著預先規劃的路線前進，盡量藏在騎樓中移動，不隨便到路上暴露行蹤，同時提防騎樓中可能躲藏的任何人事物。

空氣中飄著難聞的汽油味，有臺翻覆的汽車鑲進路邊麵店的門口，碎裂的玻璃與撞凹的鐵桌椅灑了一地。

Miss S 謹慎繞開，離開汽油味瀰漫的區域，取代的是若有似無的淡淡腐臭——是屍臭，來自有著好一段距離的地方。

她沒去細究屍臭的源頭，繼續前進。

違停的車擋住 Miss S 的去路，迫使她離開騎樓。在這之前先聽見急促的奔跑聲，於是小心探頭，驚見巷口有人影。

是一名慌張的婦女，匆匆跑過巷口後就消失了，像隻慌張逃竄的老鼠。

Miss S 靜待一會兒，確認婦女不是被什麼追趕，才竄出藏身處，快速跑入另一邊的騎樓。

最後 Miss S 順利抵達停車地點。原本不開車的她在決心脫離斐先生的組織後，隨即購入一臺車。

Miss S 當時說不上來為什麼有這樣的購物選擇，也許下意識認為能夠用來躲避斐先生的追殺，有車就能往各種地方跑，沒想到是在這樣的局勢派上用場。

汽車發動的引擎聲在深夜尤其大聲，難以掩飾。迫使她要盡速回去接阿倪。

Miss S 將車開回公寓。緊閉的鐵門遲遲沒有動靜。

忽然所有可怕的想像湧進腦海，Miss S 掏出槍，準備下車。

門在這時開了，門縫探出阿倪的臉。

阿倪一確定等候的是 Miss S，馬上拖出兩個行李箱，Miss S 亦下車接應，兩人默契地把行李箱放進後座，分別鑽入車裡。

「走了。」Miss S 確定阿倪繫好安全帶，踩下油門。

一心多用的 Miss S 不時注意後照鏡及四周狀況，腦內也有預設的逃亡路線。面前的巷道一路暢通，她踩下油門，要快速離開。

衝出巷口時，突然一團黑影竄出。

肉塊的碰撞聲與尖叫同時響起。尖叫是阿倪的。

「妳撞到人了！」

「我知道。」

在短短幾秒內，Miss S 不是選擇踩下煞車而是重踏油門，深怕任何懷抱惡意的人試圖攔車。

透過後照鏡，Miss S 看到一個人影倒臥在路邊動也不動，是剛才慌張跑動的中年婦女。

幾個反射冷冷微光的金屬物體四散滾動，都是罐頭。

阿倪也看見了，臉孔霎時慘白。

冷酷的 Miss S 面無表情，一路狂飆。

Miss S 盡量循著既定路線駛離市區。途中偶爾遭遇零星車輛，Miss S 便果斷改道，迴避後再繞回原本路線。

有趣的是，正如 Miss S 嚴密提防那般，路上遇見的車輛對她也是同樣忌憚，雙方遠遠保持距離。

阿倪的臉色很糟糕，Miss S 知道一定是被剛才的突發事件影響。她不認為自己有錯，貿然停車不是明智的選擇。

是那名莽撞衝到路上的婦人自找的，Miss S 無法給予任何同情。

即使脫離斐先生的組織，Miss S 仍然隨時可以轉換成工作時的冷酷狀態。高傲冷血，不講憐憫只求達成目標。

這不代表她會漠視阿倪的反應。

「覺得我做錯了嗎？」Miss S 放輕聲音詢問，擔心嚇著阿倪。

「不知道。」阿倪遲疑搖頭。

「像那種不懂看路的人，今天我沒撞到她，她還是會被其他的車撞到。我不能停車，這種時候不安全。不能冒險。」

「我沒有說妳不對。只是……我是在想，如果是我有辦法踩下油門嗎？」

「要。妳一定要。現在是逃亡，不是逛街郊遊。這種情況下只有唯一選擇。」Miss S 俐落轉動方向盤，開上高速公路。

Miss S 隨時注意路況，偶爾會看到被棄置的車輛，在天黑光線不佳的情況下得要更加小心。

除了留意前方，Miss S 也發現後照鏡有光點閃爍，都是平凡無奇的一般小客車。

是有同樣盤算或是另有目的？Miss S 不免猜疑。在目睹幾波屠殺後，不再用過往的標準去看待所有可能性。

Miss S 踏下油門穩定加速，拉開與後車的距離。後照鏡反映的光點漸多，又有其他車輛陸續從交流道進入高速公路。

Miss S 確信這幾臺車並非同夥。如果是集團行動，車與車彼此之間的行駛方式會互有連結。

「該死。」Miss S 突然低罵。

「怎麼了？是不是有問題？」阿倪扭頭，看往後車窗。

「我擔心這些車也是想趁夜逃出市區，跟我們目的一樣。」

「這樣不好嗎？我們走我們的就好了不是嗎？」

「這很難說。這幾臺車搞不好只是要逃出市區的一小部分，可能已經有一定數量的人逃到郊區了，將來說不定會接觸到。現在任何群聚都很危險。我們還帶著糧食跟物資，這些都構成襲擊我們的理由。而且——」Miss S 不太情願地承認這點：「我跟妳都是女的，看起來是很好下手的目標。」

「欺善怕惡喔，真噁心。」

「我有帶槍，但是只能對付一般人。所以我們要很小心，越謹慎越好。」Miss S 持續與附近車輛保持距離。

Miss S 駕駛的車輛與這些車一起下了高速公路。繼續行駛一段時間，Miss S 被迫放緩速度，遭遇預想之外的惡劣狀況。

前方是擁擠阻塞的車陣，塞車程度堪比連假期間。更糟糕的是前車完全沒有行進的跡象。

Miss S 試圖倒車離開，卻被後車堵住退路。後面還有一波車潮湧來。

「怎麼會這樣，好多車子？」阿倪愣住，Miss S 同樣不理解。

「這怎麼可能？」Miss S 事先設想過會遇見打算逃到郊區的其他人，卻沒料到是這種誇張程度。在 Miss S 的猜想中，大部分的人應該會選擇躲在家裡，等待政府的指示與善後，即使現在政府處於失能狀態。

無數紅色的車尾燈遮蔽前方視野，讓 Miss S 無從判斷車陣究竟蔓延多長。暴躁的喇叭從前方延伸過來，鄰近的車輛也加入猛按喇叭的行列。

「吵死了。」Miss S 沒跟著亂按一通，在混亂之中持續思考，也許等待車陣前進是一種選擇。在這種動彈不得的情況下，棄車雖然能夠快速離開現場，但會帶來另一種風險。何況 Miss S 不想與阿倪長途徒步到目的地。兩人都不是以體能取勝的類型，太消耗力氣也不切實際。

「現在要怎麼辦？」阿倪看著不見盡頭的車潮。兩人已經身陷車陣中動彈不得。

「先耐心等待。」Miss S 雙手離開方向盤，往後靠倒在座椅上，讓自己暫時放鬆——她實在太緊繃了。

阿倪突然有了主意：「我去看看前面為什麼塞車。」說著要推開車門，Miss S 一把抓住她。

「不要亂跑！妳在想什麼？」Miss S 皺眉怒視，厲聲質問：「妳知不知道妳現在處境多危險？」

阿倪被 Miss S 嚇到，一時說不出話。

兩人僵持對視。

阿倪掙開 Miss S 的手，大聲回應：「知道啊！我知道啊！我是該死的抗體！一堆人都想找出我，不然就是想弄死我不是嗎？妳說過了，妳每天都說，都要說好幾次！」

「既然妳清楚，為什麼還要亂來？知不知道妳跑出去會有多顯眼？」

「我又不是自願的！是那個紅色眼鏡的變態擅自在我身上注射抗體啊。我處境很危險，可是妳憑什麼限制我的行動！」

「這不叫限制。是不想讓妳遭遇不必要的危險。」Miss S隨即心虛。如果不是因為她，阿倪也不會被牽扯進來，更不會被斐先生注射抗體。

「妳要我躲起來什麼都不做嗎？全部都是妳在煩惱、是妳忙著準備，我什麼忙都幫不上嗎？我是年紀小啊，我才國中可是又怎麼樣？我跟班上那些白痴同學不一樣，我可以幫忙。」阿倪的眼裡有淚水打轉。

「原來妳是這個意思。」

「對，就是這個意思。」阿倪的鼻子紅了，逞強地憋住淚水，「一直看大姊姊妳在焦慮，結果我什麼都不能做，還要讓妳一直擔心……我不想要這樣。」

Miss S深深嘆氣，懊惱地按住太陽穴，沉默好一陣子。阿倪發出小小的吸鼻聲，忍住不哭。

「我沒有認為妳什麼都不能做。」Miss S慢慢整理說法，「現在真的太危險了，從來沒遇過這種狀況。不只是感染『淨土』的人到處殺死老人，更可怕的是那些本性邪惡的傢伙不知道會做出什麼，這種局勢對他們是大好機會，絕對不會放過。斐先生全是鬼扯，這絕對不是促成進步的新世界，是瘋子的樂園……。」

阿倪安靜地聽。

Miss S繼續說：「情況真的很複雜。我也是感染者，很怕不小心失控。還記得嗎？我跟妳有交易，會照顧妳到成年，在這之前妳有任何閃失都是我違約。」

「我們的交易好像沒包含保證我的安全。」阿倪雖然快哭出來，還是清楚指出這點。

「那是因為如果妳有個萬一，我要找誰收支出的費用？」

「大姊姊妳就是喜歡嘴硬。」阿倪笑了出來，結果噴出鼻水，趕緊摀住鼻子，「啊！好噁心……。」

「死小孩！」Miss S快速抽來面紙。

阿倪慌張接過，在擤鼻涕的聲音之後，Miss S跟阿倪同時對視，然後雙雙望向車外。

她們都聽到了騷動，明顯跟汽車喇叭不一樣，那些因為塞車亂按的喇叭甚至減弱許多。

Miss S將車窗降下一小道縫，想聽清楚那些聲音。風把哀號與槍響都送了進來。

車陣前方有槍枝的火光閃逝，在車燈的照明之間有竄動的黑影，是成群身著西裝的黑衣人。

這些黑衣人在檢查每臺車輛，扛著金屬球棒砸破擋風玻璃與駕駛座的車窗，不僅用球棒攻擊車內乘客，還有幾名黑衣人乾脆開槍。

幾名持刀的黑衣人上半身鑽進車裡，抽身時手中的刀已經變得溼紅。

「我認得這些人，」阿倪永遠忘不掉，「之前是他們闖進家裡要抓妳，還把魚缸都摔到地上。」

「是閻山組。」Miss S終於知道塞車的原因了。

當初在酒店大戰之中慘死的閻山組成員，僅是幹部拓磨與他的手下，並非閻山組全員。此時在逃亡路上又遇到這群黑幫，讓Miss S真想咒罵是冤家路窄。

Miss S 發現閻山組攻擊的對象極有可能以老人為主，表示這些閻山組也感染「淨土」。

讓 Miss S 起疑的是閻山組製造動亂有什麼好處？為了搶劫財物嗎？可是閻山組敲破車窗或殺完人就繼續檢查下一臺車，沒有任何掠奪財物的行為。

那麼是自願性加入殲滅老人的活動？Miss S 差點嗤笑出聲，黑幫是以利益為導向的團體，沒有偉大的願景，讓老人滅絕不會是他們的理想，若是收錢辦事又另當別論。

閻山組明顯在尋找什麼……Miss S 打量周遭車輛，按喇叭的人越來越少，有更多的乘客忍受不了，紛紛下車逃跑。

其中有幾名乘客被閻山組逮住，當場讓球棒打倒在地，慘叫與飛濺的血沫引起更多乘客的逃亡。逃跑的民眾接連經過 Miss S 這臺車，有人慌亂間將血抹在車窗上。

「真是夠了。」Miss S 看著車窗塗開的血跡，在鄙棄之餘，答案突然像雷擊穿透她的思緒。她迅速瞥向阿倪，同時取出懷裡手槍，解除保險。

閻山組的黑衣人接近 Miss 這臺車。

「大姊姊？」阿倪呼喚，曾經被閻山組逮住逼問的她想起當時情景，不免有陰影。

「該死。」Miss S 咒罵。

一名閻山組恰好在同時來到車邊，舉起球棒就要往車窗砸落。

Miss S 搶先一步，迅速將槍管探出車窗縫隙，手指扣動扳機。

那名閻山組的西裝多出冒煙的小洞，他低頭一看，Miss S 再補一槍，那名閻山組仰頭倒地。

「阿倪，我們必須快跑！」Miss S 推開車門，時間緊迫，她跟阿倪只能抓著隨身背包，好不容易收集到的大部分食糧與物資都留在車上。

閻山組也有動作，開始追擊包括 Miss S 在內的逃跑群眾。

狂奔途中，阿倪急問：「他們在找我對不對？」

Miss S 無法回答，滿腦子都在想該往哪裡跑、該怎麼帶阿倪脫離險境。

Miss S 帶著阿倪往路旁跑去，不只是避開閻山組，還要遠離道路，不然會成為顯眼的肉靶子，害阿倪曝光！

不時有逃竄的民眾擦撞 Miss S 的肩膀，回頭還看到阿倪同樣被撞，讓 Miss S 更加惱怒。在撞上阿倪的那人跑過身邊時，Miss S 飛快伸腳，讓那人摔成狗吃屎。阿倪也不忘偷踢一腳。

Miss S 與阿倪互看一眼，都忍不住偷笑，有了洩忿的暢快。這幾天太混亂也太壓抑了，她們的壓力需要釋放。

持續有民眾從車裡逃出，其中包含一家老小的組合。壯丁護著老弱婦孺，在混亂逃跑的人群中艱難前進。

Miss S 瞥見了，體內的「淨土」跟著引爆。不顧阿倪叫喊，她著魔般衝了上去，遠遠就往老人開槍，幾個正好跑過的逃竄路人不幸中彈，噴血倒地。

另外有好幾名感染者狂奔過去，甚至撞開 Miss S。這些感染者像橄欖球員般擒抱老人，雙雙像人肉砲彈摔飛出去。老人的親友上前搶救，與感染者扭打，發出咆哮與哭喊。

被人肉堆蓋住的老人臉孔既扭曲又痛苦，Miss S 綴以槍響與火花。

嚇壞的阿倪緊緊抓住 Miss S 衣角，哭喊著要她清醒。

發作的 Miss S 聽不見，直到眼前的老人被子彈射穿額頭，濺出糊爛的腦漿。

Miss S 突然回神，在意識中斷後還不能理解所有情況，只知道又是「淨土」發作。

嚇哭的阿倪忍住眼淚，緊緊拉住 Miss S。

「大姊姊，我們快走！」

六 Miss S之三

在這混亂的拖沓之間，閻山組追上逃亡的民眾，一名閻山組對著手拿的無線電大喊：「在這裡！發現 Miss S 了！」

Miss S 聽得仔細，自己果然成為被追獵的目標……她隨即更正，閻山組要抓的是阿倪。

Miss S 與阿倪互看一眼，沒有猶豫或恐懼的餘裕，只能拔腿狂奔。

追擊在她們身後的黑衣漸多，一道道手電筒光柱在夜間混亂交錯。

逃跑的民眾不時被這些黑衣踹開或推開，有些老人闖進閻山組的視線，激起閻山組與逃跑民眾之中感染者的殺意，就地展開屠殺。

多虧這些老人意外成為誘餌，引發的混亂讓部分閻山組停下腳步。

可是黑衣越來越近，像噬人的黑色浪潮。

Miss S 與阿倪在慌亂中紛紛被路面的小坑絆到，痛呼後拖著發疼的腳踝繼續跑。兩人的胸口因為劇烈奔跑發出錐心的疼痛，喉嚨乾得像要裂開，滿臉都是發涼的汗水。

前方突然出現斜坡，Miss S 跟阿倪止不住腳步，雙雙滾了下去，沾滿泥沙與落葉，還被樹枝劃傷。披頭散髮的兩人手腳並用，掙扎爬起。

狼狽站起的兩人驚見面前一眾黑衣，是收到無線電通知前來追擊的閻山組。追在後頭的閻山組也接連滑下小坡，激起落葉的沙沙聲。

被前後包夾的 Miss S 拉住阿倪的手，驚慌地張望左右，瞬間決定逃跑方向。

樹木逐漸稀疏，兩人再次回到馬路。這個區域失去電力供給，路間沒有照明，盡顯幽深如墨的濃郁黑暗，彷彿人一闖入就要融化在那股黑暗之中。

急促密集的腳步聲追趕在後，伴隨喝罵與呼叫同夥的粗暴嗓音。

Miss S 急得想大叫——為什麼要這樣？為什麼不能放過阿倪！

漆黑的路面不斷往前延伸，彷彿 Miss S 與阿倪看不到終點的逃亡旅程。只剩眼前路的 Miss S 別無選擇，只能拉著阿倪一直跑。

在焦灼的追趕與吼叫之中，怪異地響起音樂，輕快而且熟悉……

在這樣生死關頭的危急時刻，Miss S 與阿倪仍然感到荒謬。

「這、這個音樂是……。」劇烈奔跑的阿倪止不住喘氣，臉色蒼白得不見血色。

「不應該有這種音樂……。」Miss S 以為是幻聽。

《少女的祈禱》的樂聲由遠而近，Miss S 與阿倪張望四周，音樂的來源從馬路一側冒出，一切都是如此熟悉親切。

旋轉閃爍的黃光在漆黑的路上如此顯眼。這臺垃圾車占據了道路，浩浩蕩蕩駛來，讓 Miss S 跟阿倪再次傻住，不能理解地看著。

Miss S 發現不對勁，這臺垃圾車太巨大了，絕對比常見的垃圾車整整大上一號。車頭車身還經過改裝，附上猶如骨骼的鐵質外殼，同樣經過改造的保險桿看起來像某類野獸的下顎。

除此之外，垃圾車的外殼攀附幾個白色身影，都是穿著白色作戰服、戴著戰術頭盔的士兵，並且裝配各類槍械。顯然是一支配備精良的部隊。

「這又是什麼？」阿倪看傻了。

Miss S 無法回答，不認為這支部隊隸屬國軍單位，從來沒聽說國軍有改裝垃圾車這種配備……

被垃圾車阻斷前路的兩人沒有忽略身後的閻山組，回頭果然看到成群黑衣從樹林竄出，手電筒逼人的燈光直射過來，Miss S 與阿倪再次落得被包夾的困境。

Miss S 被強光照得瞇眼，一手抱住阿倪把她護在懷裡，另一手的槍口來回指向閻山組跟巨大垃圾車，怒吼：「你們要的到底是什麼？」

面對包夾的 Miss S 無法持續提防其中一方，這讓幾名閻山組趁機逼前。

槍聲乍響，最逼近 Miss S 的那名閻山組應聲倒地，額頭多出彈孔，鮮血從腦後灑出。

Miss S 循著槍聲回頭，發現垃圾車上的白色士兵們全都舉槍，其中一個槍口更在冒煙。開槍範圍不僅籠罩閻山組，也包含她與阿倪。

「不！」Miss S 拉住阿倪，兩人彎身著急往旁邊逃開，躲到棄置的車輛後頭。

想要追擊的閻山組全都遭到白色士兵開槍掃射，四散尋找掩護。

雖然情況未明，但 Miss S 發現白色士兵攻擊的目標並非她與阿倪，難道是跟閻山組有仇？或者目標又是阿倪？

巨大的音樂聲持續逼近，《少女的祈禱》有了密集的槍響伴奏，佐以中槍的慘叫。

閻山組的增援接著抵達，黑與白雙方就地駁火。

躲在車後的 Miss S 把阿倪拉進懷裡牢牢護住，不敢輕易離開躲藏處，深怕被流彈擊中。

巨大垃圾車的車輪轉動，繼續前進，幾名負傷倒地的閻山組被活生生輾過，車輪沿途留下血跡。

有幾名閻山組躲過槍林彈雨，趁亂接近 Miss S 與阿倪，想要把她們擄走。

「滾開！」Miss S 立刻開槍，暫時逼退接近的閻山組。

巨大垃圾車突然停下，下半身還被壓在車輪下的閻山組拍地慘嚎，嘴邊嘔出髒血，叫聲都被《少女的祈禱》掩蓋。

巨大垃圾車的車門推開，一個穿白色工作服的男人跳下車。

白色工作服男人的衣上沾有許多已成深棕色的乾涸血跡，過長的瀏海蓋住他的大半左臉，只露出右眼。除此之外，他的下半臉部戴著怪異的獸齒面具。

這個男人無視交戰的槍火，大步走向 Miss S 與阿倪。

閻山組成員見到白色工作服男人逼近，立刻開槍。子彈打在獸齒面具上，撞出細碎火星，讓男人的步伐微微停滯，隨即繼續踏前。

閻山組再次開槍，打中白色工作服卻不見血，竟是防彈材質。

即使如此，接連遭受槍擊的白色工作服男人仍然可怕，顯示了極為恐怖的耐痛能力。防彈的工作服抵擋不了子彈的衝擊，依然要由肉身承受。

閻山組明顯慌了，乾脆不用槍，改為揮舞金屬球棒與刀械。

白色工作服男人唯一露出的右眼冷冷掃視，抽出繫在腰間的砍刀，直接斬飛一名閻山組的頭顱。

飛旋的頭顱在空中拉出一道血線，遠遠落地後又滾了幾圈。

另一名閻山組舉起金屬球棒就要砸下，白色工作服男人反手一揮，那名閻山組的兩條前臂被斬斷，看著血淋淋的手臂斷口哀號。

這次換白色工作服男人高舉武器，那把砍刀的刀身足足有成年人的手臂那樣長。

刷——砍刀斜斜斬下，那名雙臂齊斷的閻山組眼睛暴瞪，從左鎖骨到右側下腹綻開一道溼淋淋的紅線，爆出的血液激烈灑上白色工作服。

就連阿倪與 Miss S 也被血濺到，那股溫熱的溼紅讓兩人都是一愣。

「別看。」Miss S 摀住阿倪的雙眼。

白色工作服男人甩掉砍刀上的殘血，無視瑟縮躲藏的 Miss S 與阿倪，回頭宰殺倖存的閻山組。

「我認得剛剛那個人，」阿倪小聲說，指的是白色工作服男人，「是他綁架我，還有一個紅色頭髮的女人……。」

Miss S 也知道這點，從白色工作服男人跳下垃圾車開始，她就認出來了。

這一對男女組合的特徵如此鮮明，富有記憶點，只要看過一眼就難以忘記。但 Miss S 不能理解這個人為何在此出現？

殘存的閻山組發現火力不敵這群白色士兵，立即決定撤退。往四面八方散開的黑衣背離巨大垃圾車，瘋狂地逃竄。

一輛白色悍馬車疾駛過來，攔住這些閻山組的活路。

車上一名白色士兵操作悍馬車砲塔的機槍，沿路掃射閻山組，落下遍地煙硝與飛濺的血花。

待煙硝散去，所有黑衣匍匐在地與死亡親吻，唯有白衣挺立。

Miss S 發現動靜平息，與阿倪雙雙探頭。躲在她懷裡的阿倪渾身汗溼，鼻頭都是豆大的汗粒。

白色士兵們早已發現 Miss S 與阿倪的位置，Miss S 舉槍喝阻：「不管你們有任何企圖，都停下。」

操作悍馬車機槍的白色士兵輕盈跳下車，朝 Miss S 走來。

「停下。」Miss S 大喊，槍口對準白色士兵。

Miss S 注意到這些白色士兵的左臂都有紅色大理花的圖騰，白色悍馬車的引擎蓋上也有一樣的圖案，似乎是組織標記。

朝 Miss S 走來的白色士兵摘下戰術頭盔，露出火燒般的鮮艷紅髮，纏起的雙麻花辮子順著女人的肩膀垂落，那是一張帶有異國氣息的臉孔。

Miss S 見過這張臉。

紅髮女人對 Miss S 笑，是清爽又開朗的笑容。置身殺戮戰場，連續擊殺數名閻山組的紅髮女人，竟然還笑得出來。

Miss S 深感不安，又是與斐先生有淵源的人物。她遲遲不能放下槍，即使雙手微微發顫。

紅髮女人無視對準她的漆黑槍口，笑容不減。

「妳好，Miss S，又見面了。」紅髮女人張開雙臂，展示她率領的白色部隊：「歡迎見識我打造的『審判日』。」

七 峨嵋

喀、喀！

王蛇轉開卡式爐的旋鈕，往架在爐上的平底鍋倒入橄欖油。

他盯著鍋中那些油的變化，嚴謹得像檢查執行委託的目標有沒有死透。

「油溫應該可以了吧？」王蛇看著熱煙飄起，把預備好的雞蛋打入平底鍋。一顆、兩顆。蛋液遇熱變白，冒出油煎的香氣。

「半熟的……半熟……。」王蛇拿起木製鍋鏟，捕捉翻面的時機，「就是現在！」

他將鍋鏟鏟入荷包蛋的底部，隨手一翻，啪噠。

蛋黃的汁液隨著翻面被壓破，緩緩流了出來，隨即遇熱凝固，失去變成半熟蛋的機會。

「啊，失敗。這個只好我自己吃了。」王蛇搔搔頭，將另一片荷包蛋也翻面，結果難逃同樣的命運。「完了，這個好像也歸我吃了。」

「你在忙什麼？」峨嵋慵懶地把頭髮撥順，湊到王蛇身邊瞧個仔細。

當峨嵋目睹平底鍋上兩顆翻面失敗、與半熟無緣的荷包蛋後，忍不住說了：「你到現在還不會煎半熟蛋？」

「我的大小姐，我的專長是拿刀拿槍，拿鍋鏟太浪費我的價值了。」王蛇找理由開脫，「至少沒有昨天煎的那麼熟了，可以吧？」

「你忍心讓我吃全熟的蛋？」峨嵋扳起一張臉質問，與王蛇對看沒幾秒，故意裝得冷酷的俏臉隨即失守，忍不住笑出來。

王蛇也笑嘻嘻。「真是多謝妳的不追究啊，我的大小姐。」

「半熟蛋有那麼難煎嗎？我來試試。」峨嵋擠上前，王蛇把鍋鏟跟位子都讓給她。興致勃勃的峨嵋拿起全新的蛋粒，往鍋邊一敲。

峨嵋僵住。

「啪，沒了。」王蛇看著在峨嵋手裡碎得一塌糊塗的雞蛋，蛋殼、蛋黃與蛋白全部混在一起，連入鍋的機會都沒有。

峨嵋噘嘴，瞪向王蛇。「笑什麼笑？」

「沒有，我沒笑，我哪有笑？」王蛇抽了幾張廚房紙巾，捧起峨嵋的手，替她擦乾淨。出糗的峨嵋這次是真的扳著一張臉了，還泛著尷尬的紅暈。

「不然我改煎火腿。」峨嵋不認輸。

「妳要不要切吐司就好？」王蛇提議。

峨嵋瞥了擱在旁邊的袋裝吐司，「你要我，早就切好了！」她掄起拳頭，照慣例搥了王蛇一下。

王蛇握住她的手腕，「不要動不動就動手啊，我的大小姐。好啦，把全身弄得都是油煙味的事情交給我，妳去旁邊坐著，等著吃特製三明治。」

「知道了。」峨嵋在桌邊坐下，托腮看王蛇忙碌。

經過一番波折，王蛇總算把做好的火腿蛋三明治端上桌，裝盤放在峨嵋面前。雖然沒有符合峨嵋要求的半熟蛋，但是三明治的切口整齊又漂亮。

木製餐桌上的兩人面對面坐著，吃起早餐。微涼的海風從敞開的窗吹拂進來，捎進陣陣海浪聲。

終日在鮮血堆打滾不斷製造屍體的兩人，現在拋棄那些惱人的塵囂瑣事，奢侈地共享平靜又平凡的小日子。

吃完早餐，王蛇另外拿了小鍋子，架在卡式爐上煮起熱水。

峨嵋則自動取出玻璃罐裝的即溶咖啡粉，往兩個綠色的馬克杯倒入。這是王蛇選的杯子，說是很像峨嵋的瞳色。

泡好了咖啡，王蛇與峨嵋分別端起自己的那一杯，相偕走出小屋。每日早晨固定看海，已經成為兩人的既定行程。

海面仍是海面，似乎無論世界如何變遷動盪都影響不了。

除了看海，王蛇沒漏了要留意逃出市區在這附近露宿的幾戶民眾。他看向那些凌亂搭起的帳篷……還有帳篷外站立不動的人們。

只看上一眼，王蛇就發現不對勁。

全部的人都站在那，不分成年人或好動愛亂跑的小孩，無一例外神情木然地站著。儘管看往不同方向，但並非注視什麼，視線沒有對焦，單純睜開眼睛罷了。

「搞什麼？這些人是不是集體嗑藥？」王蛇亂說。

峨嵋放下馬克杯，稍稍走近觀察，才跨出沒幾步便停下，回頭對王蛇示警：「心跳很奇怪。我沒聽過人類有這種頻率。」

王蛇猜測：「是不是感染『淨土』？不過那個姓斐的不是說病毒是為了消滅老人，讓人罰站跟弄死老人扯不上關係吧？」

沒有答案的峨嵋搖搖頭，退回王蛇身邊，臉色不是很好看。

「我覺得有點噁心……這種心跳頻率好奇怪，明明心臟是跳動的，但這些人感覺像是死了。不要接近他們比較好。」

「我也不想靠近。」王蛇彎身撿了顆石頭，遠遠扔向其中一人，砸中頭部。

那人的頭往旁一偏，身體跟著踉蹌，卻沒痛呼也無其他反應。

王蛇不信邪，再撿了一顆石頭，加大幾分力道往同一人扔去。峨嵋沒有阻止，也想弄清楚到底是什麼情況？

這次被王蛇砸中的那人額頭綻開，從傷口溢出的鮮血流過臉頰，滴在衣上。

那人仍然不叫不躲，就這麼維持頭歪了一邊的怪異姿勢繼續站著，表情亦無變化，始終木然。

「我也開始覺得噁心了。」這些民眾在王蛇眼裡，突然像是服飾店的櫥窗人偶。「這不像是『淨土』的症狀，如果感染者都變成這種死樣子，根本不會殺死老人。」

峨嵋提出猜測：「會不會是變種？」

「喔？說不定是喔。那個姓裴的會很高興吧，他搞出來的病毒出現變化了，跟他最討厭的毫無長進老人不一樣。」

王蛇撿起石頭，這次沒扔向人偶般的逃亡民眾，而是隨手朝大海扔去。墜入海中的石頭噗通一聲，激起白色水花。

也因為將視線轉向，王蛇看見有團物體漂流在海面，隨著撲岸的海浪一併爬上沙灘。

是一名渾身溼透、相當高瘦的男人，懷裡還抱著一根漂流木。

王蛇本能地迅速察覺到危機。峨嵋也因著他驟變的情緒，發現從海中現身的詭異男人。

男人同樣發現王蛇與峨嵋，踏過沙灘筆直走來。氣勢像要劈開一切的利劍。

峨嵋瞇細眼睛，看清楚男人樣貌。那是一張茫然中帶著渴求的臉，不知所措又充滿殺機。

男人突然停下，在原地扯著頭髮嚎叫。

「王蛇，你聽我說。」峨嵋說。

「我在聽。」

「這個人也是掠顱者。」

「讓我猜猜，一樣又是武俠風格的取名？」

「對，他叫倚天。是個瘋子。」

「掠顱者到底有幾個是正常的？我記得掠顱者碰面都沒好事對吧，現在該怎麼做？」

「避戰。」

「以妳的安全為優先。」

王蛇跟峨嵋面向名叫倚天的掠顱者，慢慢往小屋後退。

倚天對天空吼叫幾聲，突然又對王蛇與峨嵋大吼：「有沒有看到我的劍？」

倚天朝小屋奔來，暴突的眼珠子瞪得好大。一手將漂流木緊緊摟在懷裡，另一手隨著奔跑來回擺動，姿勢極為怪異，速度卻是匪夷所思的快。

倚天沿路狂喊：「我的劍、有沒有看到我的劍！」

王蛇與峨嵋衝進小屋，峨嵋取過裝了鐵籤的皮套，王蛇則飛快抓起預藏的槍，對著門口連開數槍，硝煙還未散去，峨嵋先拉住他手腕。「快跑。」

兩人雙雙跳窗逃出。

屋裡傳出家具傾倒的碰撞聲，倚天跟著跳出窗戶：「你們有沒有看到？有沒有？」

「看你媽啦！」王蛇回頭送出幾顆子彈，峨嵋反手扔擲鐵籤。

身為掠顱者的倚天同樣能夠預判開槍，迴避所有子彈與鐵籤。

「這個神經病！有什麼能夠攔住他？」王蛇啐罵，好不容易安排的平靜日子……誰知道會在這邊遇上掠顱者？

王蛇飛快思索，要擊退掠顱者的風險太大，何況他對這個叫倚天的傢伙一無所知。

最重要的是王蛇不想冒險，不是擔心自己的死活，是害怕讓峨嵋受到任何傷害，即使是少一根頭髮都不可以。

王蛇好不容易把峨嵋拉出來，讓她從血淋淋的泥沼還有作為掠顱者的天命中抽身。他不要讓她再次面對那些，只希望她能在他生命中最後這段日子裡，兩個人一起好好度過。

「不要想那些，我們可以擺脫他。」峨嵋說。

峨嵋與王蛇的心思相似，重視彼此的兩人果斷避戰。

峨嵋拐了彎，王蛇瞬間明白她的用意。兩人衝往停車處，準備跳上車逃跑。

這時倚天的速度猛然提昇，與兩人相距不過幾步的距離。

王蛇可以聽到倚天激烈的腳步聲，卻無暇開槍，深怕一放慢速度就被逮中。

突然幾團黑影從旁邊撲來，王蛇還未舉槍，便聽到身後傳來倚天的怪叫。

王蛇與峨嵋回頭一瞥，發現是那群露宿的民眾撲倒倚天。這些民眾維持木然的詭異表情，紛紛抓住倚天，阻擋他的行動。

倚天在民眾的包圍中發出嗚咽：「奇怪、你們好奇怪！嗚呀——」

王蛇跟峨嵋毫無頭緒，不明白這群民眾是被什麼驅使，為什麼鎖定倚天？隨即放棄多想，繼續奔向停車處。

被絆住的倚天發出尖嘯，右手的食指與中指併攏化作劍指，接連劃開這些傀儡民眾的咽喉。溫熱的鮮血濺地，被細沙吸收。

詭異的是這些慘遭封喉的民眾竟然還能行動，嚇得倚天發出淒厲哭叫，在恐懼中更加顛狂，亂揮手中的漂流木。

脆弱的木頭承受不住掠顱者的怪力，漂流木應聲斷折。手拿一截斷裂漂流木的倚天忽然跳上一名民眾的肩膀，雙腳重踏後高高跳起。

倚天右手再次捏出劍指，挾著墜勢直指王蛇後腦。指尖彷彿有一閃即逝的鋒利寒光。

就在劍指要刺中王蛇的瞬間，峨嵋突然撞開王蛇。

踉蹌滾地的王蛇驚慌抬頭，一抹溫熱的紅落在他的臉龐。

王蛇清楚看見了，那對綠眸中捨身的決意。

「峨嵋！」

王蛇顧不得站起，跪爬趕向峨嵋，抱住癱軟的她。

「快逃……。」傷重的峨嵋只能以氣音說話。

「我們一起走，說過不會再丟下妳，我說過了、我發誓！」王蛇緊緊抱住峨嵋，顧不得仍然近在眼前的致命威脅。

倚天的劍指有血滴淌，暴凸睜大的眼睛望著兩人，不斷叨念：「劍、我的劍……為什麼不跟我說我的劍在哪……。」

倚天又一次舉起劍指。背光的他所落下的陰影籠罩了王蛇。

傀儡似的民眾再度撲來，抱住倚天的腿腳與手臂，將他纏住。

「又是你們！這是什麼心跳？噁心、不要過來！」嚇壞的倚天像蟑螂爬上身似的，不斷甩動、拍打，終於從成群民眾的糾纏中脫離，卻停不住反胃而不斷乾嘔。

幾輛車從不遠處經過，又是從市區逃出的民眾。倚天的注意力立刻被吸引，朝那些車奔去，沿途不斷喊著：「有沒有看到我的劍！」

無視倚天與傀儡般民眾的鬧劇，王蛇仍然跪在原地，抱著峨嵋的雙臂被染得濕紅。他的手不停發顫，身體同樣止不住顫抖。

「血、我幫妳止血……我的大小姐，妳要撐住，不、不要、拜託……。」王蛇連聲音都在顫抖。

峨嵋動也不動，勉強睜著眼。

王蛇看著那對純淨無暇的綠眸，那對綠眸同樣看他，直到逐漸失焦、直到眼裡不再有他。

王蛇抱著峨嵋，抵著她發冷的額頭，又親吻蒼白的臉頰……

她不再有回應。

八 Dahlia

Miss S 與阿倪被帶往「審判日」的據點。

稱不上是紅髮女人的專程招待，而是 Miss S 別無選擇。

面對成群白衣士兵的強大火力，只持有一把手槍跟幾個彈匣的 Miss S 單薄得可憐，絲毫沒有莽撞反抗的本錢。何況她要以阿倪的安全為最優先，不能輕易冒險。

Miss S 與阿倪沒有搭乘垃圾車，而是與紅髮女人一起乘坐白色悍馬車。

這讓 Miss S 鬆一口氣，或許是坐進那臺巨大的改裝垃圾車太怪誕了，也可能是下意識想避開那名穿白色工作服的男人。

那名男人散發的氣息相當奇怪，不僅是因為能隨意將閻山組斬殺於刀下，令 Miss S 更加忌憚的是男人彷彿缺少情感，盡顯與周遭格格不入的違和感。

白色悍馬車與改裝垃圾車行駛在昏暗的道路上，夏夜裡的涼風吹得 Miss S 有些發寒。她確定不僅是溫度所導致，還因為混沌不明的局面。

在路上，紅髮女人作了簡單的自我介紹。

「我叫 Dahlia，是斐先生的女兒。」

Miss S 震驚不已，阿倪更是脫口而出：「怎麼可能？那個紅色眼鏡變態結婚了，還有女兒？」

「對妳們來說是那麼驚訝的事情？」Dahlia 好奇觀察 Miss S 與阿倪的反應，然後解釋：「我是領養的。父親並沒有結婚，而是領養了好幾個孩子，我是其中之一。」

「這樣合理多了。這才是我熟知的斐先生。妳一定是他精挑細選的。」Miss S 說。

「我是這樣希望的。我們這些孩子都崇拜父親，認同他的理想。父親認為世界需要前進，老舊無用的存在必須被淘汰。父親成功製造『淨土』。作為孩子，我們支持父親的理想，負責在各個國家散布『淨土』。」

「聽妳的說法，斐先生一定領養了好幾個不同國家的孩子。」

「妳說的對，我不是在這裡出生的，但這不代表我對自己的故鄉有任何眷戀或歸屬感。」

「我理解。斐先生不會放任他的孩子有這份多餘的情懷。在他的認知裡，那一定是沒必要又無用的感情。」

「父親看的不是區區一塊土地，是整個世界。」

「他嘴裡一直講的新世界到底是什麼樣子？現在只有屠殺跟混亂。」Miss S 無法理解，也慶幸不能明白斐先生的思維，讓她知道自己還不是斐先生的同類。

「這些都是必須的過程。」Dahlia 堅定地說，「你們有一句成語叫『破而後立』對不對？要破壞舊有的限制，才能有好的結果。如果沒有『淨土』的出現，而是依照原先的狀況發展下去，整個世界都會被衰老的人類拖累。如同父親強調的，『淨土』會率領人類進行必要且正確的汰除。」

「我知道，斐先生說過好幾次了。這是他自以為的正確。要消滅老人應該有其他方式，這牽涉到太多不相關的人了。」Miss S 話中有怨懟，忍不住看了阿倪——這個被注射抗體的孩子再也無法置身事外。

「因為『淨土』所帶來的混亂遲早會平息，病毒會隨著不斷傳播，威脅逐漸減弱。父親非常明白這點，這是他早已預見的結果。」

「斐先生不像是會坐看世界和平的那種人。」Miss S 提出質疑。

先前斐先生不斷謊稱沒有解藥，最後卻向全世界公布抗體的存在，從這一點就讓 Miss S 確信，斐先生不會甘願看「淨土」的效果就這樣憑空減弱。這種瘋子絕對希望混亂能不斷延續。

「是的，因此我創立『審判日』，要繼承父親的願景，讓全世界持續經歷破壞與再生，達到不斷的流動與進化。」Dahlia 驕傲地說：「父親曾對我們這些孩子說，等到『淨土』席捲每一處角落，這個世界就交給我們了。我們是他的希望。」

在這瞬間，Miss S 突然想起貓頭鷹說過的話——生命是不斷流動的過程。

不管是斐先生或 Dahlia 所認定的流動，Miss S 打從骨子裡無法認同，無論何者都會對全世界造成莫大的傷害。

Miss S 是真心不在乎世界動盪，但是這些混亂影響到她與阿倪，因此相當不悅。

「妳不信任我沒關係。我相信，Miss S 妳其實不在意會死多少人。」Dahlia 斷言：「妳只看重妳所認定有價值的事物，也包括人。」

Dahlia 說的時候，是看著阿倪而非 Miss S，這讓阿倪不太開心。

「妳跟那個白色變態已經綁架過我了，現在還要重複一次嗎？你們的創意跟老人一起被殺死了嗎？」阿倪抗議，「妳還跟那個叫斐先生的阿伯給我打針，把什麼鬼抗體注射在我身上，現在一堆人不是想抓我就是想弄死我，這樣還不夠嗎？」

「啊，嘴巴鋒利的孩子。妳真有趣。」Dahlia 沒有被阿倪的口無遮攔給惹惱，反倒綻開笑容。「我好像明白為什麼 Miss S 會重視妳。」

「我已經受夠任何人拿她威脅我了。」Miss S 警告，「阿倪不是道具。」

「我明白。我也不願意拿這個孩子當籌碼。妳們很幸運，『審判日』巡邏的空拍機發現那些黑幫製造的騷動，所以派人出來查看，正好發現妳們被追捕。」

「為什麼救我們？」Miss S 不得不懷疑，尤其在已知阿倪是抗體的情況下，以斐先生的立場來說，絕對不希望抗體落入其他人手裡，免得提前解除「淨土」的威脅。相信 Dahlia 也會是同樣立場。

「我需要妳。」Dahlia 說。

「需要我？這是什麼意思？」Miss S 皺眉。

「我聽父親講過妳的事。妳是他的好幫手，這是我認為一定要找妳幫忙的原因。妳很可靠，無情又精準是妳的行事風格，在器官交易市場很出名，是厲害的人。」

「我很訝異妳找上我。我已經不替斐先生工作了，我退出了。」Miss S 補上疑問：「妳看起來也不像要經營器官生意，現在器官交易可能毫無用處。何必找上我？」

「不，不一樣的。父親是父親，我是我。我要妳加入我的『審判日』。但是我很好奇，因為父親還沒提過，妳為什麼退出？妳想破壞父親的計畫？」

這是 Dahlia 第一次顯露不愉快的情緒。Miss S 知道接下來的回答很重要，但沒必要撒謊。

「我差點被殺。我跟手下遇到幾個怪物，是一種叫掠顱者的人造人類。這不是我虛構的，斐先生曾參與掠顱者的製造計畫。也許他跟妳提過？掠顱者是基於暗殺用途被製造出來，擁有難以想像的恐怖力量。我的手下全被殺死。我珍惜我的命，不想再碰到這些怪物。」

「真有趣，我知道掠顱者。那是一群非常強悍但精神狀態極度不穩定的人造怪物。我能諒解妳差點被殺死有多恐慌。」Dahlia 說，「我還是希望妳加入『審判日』。我沒有要經營器官交易，但是憑妳的腦袋還有冷血的執行能力，能讓我的團隊更強大。妳絕對明白現在的狀態很危險，有好的團隊是重要的事。就算是狼這種頂級掠食者，也要群體狩獵。」

Miss S 不禁開始衡量，Dahlia 說的有道理——在這樣的亂世，她到底能跟阿倪逃到什麼時候？雖然 Miss S 還不明白原因，但是閻山組正在找阿倪，把目標放在抗體。這僅是檯面上已知的威脅，將來還會有多少勢力跳出來？

Miss S 隨即警覺，Dahlia 既然說要延長世界動亂的時間，代表她絕對不樂見有抗體的存在。要趁現在偷襲，搶先射殺 Dahlia 嗎？Miss S 興起這個大膽的念頭。如果能除掉身為指揮官的紅髮女人，應該能在一定程度削弱「審判日」？

「Miss S，先別急，我們抵達了。」Dahlia 指向前方的建築群。

Miss S 怔住，好像被猜透了意圖。她與阿倪順著 Dahlia 所指的方向看去。

那是一座落山區的豪華社區，作為主體的兩棟大樓呈 L 型排列相鄰著，還擁有寬闊的中庭。這座社區被 Dahlia 率領的白衣部隊占領，甚至還立起紅色大理花圖騰的白色旗幟。

大門口有白衣士兵看守，除此之外，樓層中幾扇敞開的窗戶顯然有狙擊手埋伏。

改裝垃圾車與悍馬車一前一後在社區外減速，緩緩停下。

看守的白衣士兵確認車輛，大門口的鐵柵門往兩旁打開，悍馬車與改裝垃圾車接連通過入口，駛進社區內部的寬闊廣場。

廣場上除了布置許多水泥袋堆疊而成的掩體，另外停著幾臺「審判日」的軍用車輛，白色的車體與紅色大理花圖騰說明一切。

說不上來的違和感讓 Miss S 環顧四周，實在太安靜了。

「原本的住戶呢？」Miss S 問。

「幾乎殺光了，留著也沒用。這些住戶無法構成有效的戰力，又會浪費糧食跟資源。」Dahlia 說得理所當然，「我需要據點，這是好地方，空間足夠，距離市區的對外道路又近。樓體與構造也好，方便布置需要的武裝。」

阿倪抬頭張望，果然沒有其他住戶的蹤影，只剩異樣的死寂。

Dahlia 說：「我篩選過，擁有專業技能的住戶可以留下，比如醫生，這裡的醫生就是原本的住戶。醫生是必要的，為了讓他願意合作，我留下他的家人。」

「他一定覺得是天大的恩惠。」Miss S 可以想像那是怎麼樣的威脅。

「那位醫生看到其他住戶被扔進垃圾車，哭著求我放過他的家人，馬上答應合作。辛苦麒麟了，運了好幾趟才把屍體清空。」

「麒麟？」Miss S 納悶。

「啊，還沒向妳介紹。」Dahlia 望向改裝垃圾車，對下車的白色工作服男人吹了聲清脆的口哨。

白色工作服男人大步朝 Dahlia 等人走來，氣勢讓人以為要當場宰殺她們似的。繫在男人腰間的砍刀藏在皮革製的刀鞘裡，不住晃動。手戴的粗麻手套被染成詭異噁心的棕紅。

這幕讓 Miss S 想起白色工作服男人是如何砍殺閻山組。曾經她看過把人當成豆腐砍的比喻，以為是誇飾，直到目睹這個男人出手。

白色工作服男人在 Dahlia 身旁站定，一如先前 Miss S 見過這兩人所搭檔的態勢。男人明顯是保鏢，甚至可以說是 Dahlia 非常信任的心腹。

「他就是麒麟，也是『審判日』的行刑官。」Dahlia 介紹。

Miss S 上下打量，這副凶戾缺乏人性的模樣，與描述中性情溫和有仁獸之稱的那個麒麟完全扯不上關係。

「很衝突的名字。」Miss S 如此評論，原來男人罩住鼻子與下巴的獸齒面具是在模仿麒麟？行刑官沒被頭髮覆蓋的右眼同樣在打量 Miss S，後者被看得很不舒服，麒麟光是眼神便充滿攻擊性與侵略性。

麒麟所展現的侵略性並非是雄性意欲染指雌性，而是肆無忌憚要掠奪生命似的。這個被叫做「麒麟」的行刑官，在衡量任何生命被殺死的可能，以及需要花費的力氣。

「雖然想好好招待妳，但需要先確認妳的答覆。妳願不願意加入我的『審判日』？」沒等 Miss S 回答，Dahlia 繼續說：「我現階段的目標是消滅抗體。」

Miss S 立即掏槍，麒麟動作更快，重重將她的手槍拍掉。被打飛的手槍發出喀啦啦的響亮聲音，滑過廣場的磁磚地板。

Miss S 痛呼，麒麟那下重拍讓她手腕劇痛。

阿倪想衝去撿槍，麒麟一個跨步，隨即擋在她面前。

「我還沒說完，」Dahlia 的聲音傳來：「只要妳加入我，我可以幫妳一起保護這個女孩。」

「什麼？」Miss S 詫異反問，以為聽錯。

Dahlia 對她的反應很滿意似的，笑著說明：「『審判日』現在的目標是消滅抗體，延長世界動盪的時間並繼續研發新病毒。消滅抗體其實是非必要的手段，只要不被其他人奪取，那麼也沒必要殺死抗體，對嗎？」

「妳的意思是阿倪必須受到監視。」Miss S 不傻。

「是的，在這座據點之內，妳跟阿倪可以到處自由活動，想去哪都沒問題。但是跨出據點……嗯，我不喜歡多餘的威脅。妳是聰明人。」

Miss S 冷笑：「哼，『妳是聰明人』……斐先生也這樣對我說過。我問他是從什麼時候開始監視我、什麼時候發現阿倪跟我一起生活？他就是這樣回答我。妳跟他真像。」

「這樣的誇獎讓我很高興，跟父親相似是我的榮幸。」Dahlia 手捂胸口，滿足地說。

阿倪插嘴：「像那個紅色變態有什麼好的？Dahlia 姊姊，可惜妳明明長這麼好看、氣質又那麼好，還很勇敢拿槍殺死好多黑道，結果妳跟那個紅色變態一樣都是瘋的。」

「小女孩，妳這樣讓我的感受好複雜，好像被誇獎，又好像被嫌棄了呢？」Dahlia 再次詢問 Miss S 的意願：「妳的決定怎麼樣？」

「妳既然一開始就知道阿倪是抗體，或者該說，你們這些斐先生的孩子應該都知道抗體的下落，為什麼還要這樣重頭來過，花費力氣尋找抗體而不是提前行動？」

「理由很簡單，因為我也加入父親的遊戲裡了。事實上，我目前確定的抗體只有這個女孩，她是我親自經手處理的。」Dahlia 提醒：「妳還沒回答我。」

面對 Dahlia 的逼問，Miss S 知道必須正面回答。她先望向阿倪，擔心阿倪的意願。這個孩子同樣看向她，交換眼神的兩人各有不同顧慮。

Miss S 既想保護阿倪的安全，又不願讓阿倪受到監視。這對 Miss S 來說，甚至像在拿阿倪的自由交換自己的安全。她不喜歡這樣，也不願意讓阿倪誤會。

Miss S 試探詢問：「我還有考慮的時間嗎？」

她想跟阿倪討論。精準冷血的 Miss S 本來應該毫不猶豫做出判斷，但是阿倪終究軟化了她。

「加入吧，大姊姊妳就加入吧。」阿倪搶先答應，這讓 Miss S 驚訝。阿倪倒是很坦然：「到外面去也是一堆人想弄死我，乾脆待在這裡吧，反正我們都還有利用價值，Dahlia 姊姊妳不會急著殺我對吧？」

「如果妳不是抗體，我也不願意監視妳，更不想殺妳。這好可惜，因為妳好有趣。」Dahlia 搖頭，「我不喜歡限制別人的自由。」

「這裡吃的喝的都有嗎？我能好好洗澡嗎？」阿倪提問，突然像去菜市場採買的主婦般精明，要討價還價。

「都有，基本的生活需求都能滿足。而且能洗熱水澡。」

「那就太好了。」阿倪點點頭，散發出一股人小鬼大的欠揍感。

Miss S 微愣，這個死小孩怎麼能如此囂張跟人談判？

「很勇敢的孩子。妳會活到最後的。」Dahlia 稱讚。「父親發明『淨土』，讓老人被殺光，就是為了讓像妳這樣的孩子有機會得到更多資源，發展得更好。」

「妳說得好好聽，可是我絕對不會謝謝那個紅色變態。」阿倪吐吐舌頭，「我還沒傻到忘記外面一堆人想抓我。」

Dahlia不對阿倪屢次貶低斐先生感到絲毫惱火，捧腹笑了起來：「妳真的是好有趣的孩子！對了，Miss S，妳是感染者嗎？」

Miss S點頭。

「妳可以自由走動參觀，但是不要到那棟樓的三樓去。那裡關著老人，妳會失控。」Dahlia指向左側大樓。

「關著老人？妳不是說住戶都被殺死了？」Miss S懷疑地問。

「差不多。只留下還有用處的。」Dahlia沒明說，但Miss S確信絕對不是出自任何良善的用意。「還有倉庫。如果是妳的話，不要接近倉庫會比較好。」

「倉庫藏著什麼？更多的老人？」Miss S問。

「是更有趣的東西。那麼，歡迎加入『審判日』，現在帶妳們到處逛逛。」Dahlia招招手，麒麟往旁退開，讓出一條路。「也帶妳去給醫生看看，手腕最好檢查一下。別怪麒麟下手太重。」

「我怎麼會怪他呢？」Miss S試著活動疼痛的手腕，發現已經腫起一塊。「他是要保護妳這個指揮官。」

「妳的口氣完全不是這回事呢。」Dahlia打趣地說，「來吧，這邊走。跟我來。」

Miss S與阿倪互看一眼，說不上安心，危機仍未完全解除。阿倪的性命仍取決於Dahlia的心意。現在只能說是暫時決定兩人的去處了。

——妳會沒事的。

Miss S不再有把握對阿倪這樣說。不敢輕易保證。

Miss S 唯一確信的是要用盡所有手段、抓住所有機會讓阿倪活下去。要讓這個孩子活到最後。

兩人跟隨在那一頭搖曳的紅髮身後，踏進居民被屠殺過半的血腥大樓。

九 倉庫

在 Dahlia 的帶領下，Miss S 與阿倪隨她參觀據點以及幾個主要處所的配置，這些都是由原先的社區樓房改建。

Miss S 發現「審判日」在這座據點配備許多重火力武器，簡直是以作為堡壘的前提去設置的，能夠在一定程度下抵禦來襲的敵人。

士兵的數量也不少，這讓 Miss S 越想越可怕，在想是自己疏忽大意了，還是 Dahlia 事先準備得太隱密？事前 Miss S 完全沒有得知「審判日」相關的情報。

接著兩人被分配了新家。如果忽略原住戶喪命在這座社區，Miss S 跟阿倪其實擁有不錯的新居所，附有完好的裝潢以及家具。

因為這座社區的要價昂貴，原先住戶都有一定的財力，所以裝潢跟家具的品質相當優良——重點是沒有遺留前屋主的血跡或屍塊。

「如果寢具睡不習慣，去找雜務兵填寫單子。特別優待，下次外出搜索物資時幫妳們找新的。」

Dahlia 聽不出來是在開玩笑，或是認真的。

「這樣就差不多了，有沒有任何疑問？」Dahlia 發現兩人毫無反應，回頭對護衛的麒麟苦笑：「啊，這樣好像我很嘮叨似的。」

麒麟沉默，顯然不是稱職的訴苦對象。

「跟這個據點無關，是我突然的好奇。」Miss S 開口提問：「妳是指揮官，為什麼還要親自上場殺敵？指揮官不應該隨便出現在戰場上。」

「那多無趣？安穩待在後方不是我喜好的風格。」Dahlia 問：「妳是開始關心我了嗎？真開心，妳能加入真是太好了。」

「我是想提醒妳，子彈不長眼，流彈更是不分敵我。」

「謝謝妳，我是從戰場活下來的孤兒。這對我並不是陌生的事。我不是會因為一點傷口就哭哭啼啼的女孩子，相信妳也不是。」

對話就此結束。

Dahlia 率著麒麟離開，Miss S 與阿倪則根據她先前的指引，來到醫療處找醫生。途中，兩人遇到幾名持槍巡邏的白衣士兵，阿倪忍不住問：「我們以後也要穿這種衣服嗎？」

「我確定不會有妳這種死小孩能穿的尺寸。」Miss S 故意鬥嘴，想讓阿倪轉移心情。

「那我能有槍嗎？能擁有屬於自己的武器嗎？」阿倪攤開雙手，「妳看我的手這麼細，要保護自己還是需要武器吧？」

「我的立場是希望妳不要碰那種東西。不過現在是特殊情況。如果有機會的話，或許能弄一把給妳。」Miss S 澀聲說，能理解阿倪不是為了有趣才想要擁有武器。

「像是 Dahlia 姊姊說的去找雜務兵填寫單子嗎？要一把槍，適合國中生使用的。」

「我不覺得她會給，妳這死小孩……突然佩服妳了，剛剛那種場面居然自己跳出來談判。反倒是我想太多。待在『審判日』是目前最佳的選擇，我跟妳都還有利用價值，所以保證是安全的。」

「大姊姊妳最近變得很畏縮，心事很多喔。不用那麼擔心我，我以前常常被我爸毒打、被老師嘲笑還被同學排擠，很多討厭的事情都遇過了。現在至少有人關心我，還不用擔心被打，已經好很多了。」

阿倪這樣說反倒讓 Miss S 鼻酸，這個十三歲的孩子實在太堅強了。

醫療處從外觀來看只是一般住所，但是門口敞開，用紅漆噴上十字標記以此識別。醫生發現 Miss S 的到來非常緊張，神經質地護在家人面前。

醫生這副模樣讓 Miss S 想到發抖的吉娃娃，卻也同情醫生。當初目睹其他住戶被殺一定帶給他巨大的陰影。

直到 Miss S 說明來意，醫生這才鬆口氣。

醫生檢查時非常專業，簡直像換了一個人，既不緊張更不像害怕的吉娃娃，俐落地做好處理。

「扭傷了，但沒有傷到韌帶。多休息不要搬重物，也不要滑手機。」醫生叮嚀後突然打住，自己糾正自己：「現在也不必滑手機了……。」

「是沒這個必要。」Miss S 接話，「還有什麼是我需要注意的？」

「沒有了。妳看起來有點虛弱，臉色不是很好。要注意飲食的均衡，各種營養都要攝取。還有這個孩子是在發育期，多補充鈣質。多喝牛奶。」

「可以的話，我當然希望能盡可能弄到營養的東西，但是現在要獲取吃的就不容易了。」Miss S 說，「你有什麼管道嗎？」

醫生出乎意料地淡定：「樓上的倉庫就有。從逃生梯走上去，打開安全門的第一間住宅就是了。那裡被當倉庫使用。」

Miss S 想起 Dahlia 針對她個人的建議——不要接近倉庫比較好。

「倉庫有什麼危險的嗎？」Miss S 問。

「危險？顧倉庫的人看起來滿恐怖的，不過不會刁難。有一些食物可以從那邊拿，喝的也是。」醫生叮嚀：「妳過幾天再回來檢查。」

Miss S 道謝後帶著阿倪離開。她好奇所謂的倉庫是什麼樣子？為什麼 Dahlia 要她別接近，但是醫生卻沒提到任何危險。還是看顧倉庫的剛好又是麒麟？

另外還有讓 Miss S 在意的——Dahlia 說這個據點有廚師準備伙食，但沒提到食物儲存在哪？這讓 Miss S 格外感興趣，確認有哪些物資以及存量多寡更是必要。以後如果要策劃逃跑，那得預先偷偷存儲食物。

「到樓上看看，找點東西吃。」Miss S 提議。

「我沒有胃口。」阿倪搖頭。

「多少吃一點維持體力。就算這裡有醫生，我也不希望妳生病。我們都要保持健康。說不定之後糧食會減量，現在要規律攝取食物。」Miss S 凡事都做最壞打算。

阿倪應了聲，兩人一起上樓。

所謂的倉庫沒什麼特別的，從外面看起來跟這座社區的住宅都是出自一個模板，差別在於走廊堆著許多大小不同的空紙箱。

門口是敞開的，Miss S 以眼神向阿倪示意，兩人先站在門邊窺視。

倉庫裡堆著更多紙箱跟塑膠貨物箱，陳列食物跟瓶裝飲用水。Miss S 驚訝發現甚至還有汽水跟罐裝咖啡。

Miss S 感到困惑，Dahlia 的提醒該不會是玩笑，怕她吃太多甜食發胖吧？

屋裡傳來窸窸窣窣的聲音，一個披頭散髮的男人背對門口，在搬動紙箱整理物資。

Miss S 發現這名男人散發的違和感，細看才發現男人的左腳瘸了，導致走路姿態有點怪異。

Miss S 整個人定格不敢動，甚至頭皮發麻。披頭散髮與瘸腿的特徵，使她想起一個人。她甚至不能肯定那該算是人類或人造的產物。

男人恰好轉過身，披散在臉的長髮縫隙之中，有一對空洞的眼睛。

Miss S 頓時嚇傻，居然是掠顱者！

——「瘋癲成魔」武當。

即使曾經遭遇各類危險的狀況，像這樣撞見掠顱者卻遠在 Miss S 猜測的可能性之外。有誰能料到見人殺人、佛擋殺佛的掠顱者會被派來整理倉庫，當個打雜的？

偏偏 Miss S 沒有認錯，也明白 Dahlia 的警告……「審判日」竟然連掠顱者都收編了！

在昔日那場酒店血戰之中，武當出乎意料地饒過 Miss S，沒有取走她的性命。現在她無法肯定能擁有同樣的僥倖。

阿倪也與武當打過照面，當初是這名掠顱者率領閻山組闖進 Miss S 的舊公寓。她尚未見識武當出手殺人的模樣，還沒明白真正的恐怖之處。

不過阿倪倒是將 Miss S 異常的反應都看在眼裡，讓她想搞清楚這個流浪漢究竟在搞什麼把戲，能讓 Miss S 如此惶恐？

阿倪如此明目張膽地打量，就算不是掠顱者也會察覺。武當髮隙間的眼珠子慢慢轉動，視線落在阿倪身上。

Miss S 本能地往前站，護住阿倪。

「我記得妳的心跳。」武當認出來了，然後看向從 Miss S 身後探出頭的阿倪，「也記得妳的。」

Miss S 發現此時的武當異常單薄。不是指身材的單薄，而是心裡彷彿有什麼死去了，讓這個強大的掠顱者像具徒有外表的空殼。

武當接著問：「她是等待妳的人？」

武當口中那個「她」，指的是被 Miss S 護在身後的阿倪。

Miss S 知道對掠顱者說謊是無效且愚蠢的，瞞不過。只能略微點頭，算是給了回應。

「真好……。」武當緩慢轉過身，繼續整理紙箱，拋下滿腦子疑問的 Miss S。

武當的動作變得好遲緩？應該先索取食物，還是弄清楚掠顱者在這裡的原因？Miss S 試著排出順序，結果阿倪先開口：「你是那個黑道大叔對吧，現在怎麼變倉庫大叔了？你有沒有牛奶？」

武當停下動作，慢慢轉過頭。

「黑道大叔？倉庫大叔？我？」

「叫得太老了嗎？」阿倪問，「之前是你帶一堆黑道闖進我們家吧，我沒認錯人吧？你那時候不是很威風嗎，怎麼現在變成打雜的？」

「對，是我沒錯……妳要牛奶……。」武當拖著瘸腿走向牆邊堆疊的塑膠貨物箱，拿出一組六入的鋁箔包保久乳。「這個可以嗎？」

「可以，這個就好。」Miss S 搶先回答，不讓阿倪有亂說話的機會。她突然好想敲阿倪的頭，這個死小孩！

看著武當遞出的保久乳，Miss S 陷入另一個難題：她不想輕易靠近掠顱者，不敢伸手去拿。武當的手僵在半空，好像看著 Miss S 與阿倪，又像什麼都沒納入眼裡，迷茫的眼神抓不到焦點。

「怎麼了，為什麼不拿？妳的反應好奇怪。」阿倪小聲問。

「死小孩不要輕舉妄動。如果有個萬一，妳馬上逃跑。」Miss S 同樣小聲警告。

武當忽然動起來，抓著保久乳來到 Miss S 面前。

對於 Miss S 來說，明明武當手裡拿的是普通常見的保久乳，看在她眼中卻好像抓著剛擰下來的頭顱……掠顱者帶來的心理陰影正是如此巨大。

也因為 Miss S 看傻了，就像人在過街時遭遇車輛暴衝過來，只能眼睜睜看著，卻忘記要躲。等到她反應過來，武當已經把保久乳遞給阿倪，回頭繼續整理物資。

這讓 Miss S 心情更加複雜。武當是知道她手受傷不方便，才特別遞給阿倪。說起來其實是毫無惡意的舉動。

「還要什麼？」武當繼續整理，一邊問。

這次阿倪乖巧沒有說話，現場陷入沉默，只剩下武當挪動物品與搬動紙箱的沙沙聲。這樣的安靜讓人很不自在。

「你為什麼會替 Dahlia 工作？」Miss S 決定弄清楚。

武當的回答很簡單。

「她跟我說話，邀請我幫忙。」

「就這樣？酬勞呢？現在這種局勢，掠顱者可以恣意妄為，你怎麼甘願當個打雜的？」

「Dahlia 跟我說話，這樣就好。」武當看穿 Miss S 的心思：「妳很怕我。」

「對，我怕你。因為你可以輕易殺了我。」

「拓磨不在了。」武當表情稍微出現變化，有那麼一絲落寞。「沒有人要求我對妳怎麼樣。」

Miss S 作過調查，知道拓磨是當初要與她爭奪器官市場的闇山組幹部，也是武當的雇主。

「如果我沒有誤會，你的意思是現在不用再拚個你死我活了？」

「不要了。」武當停頓後請求：「可以的話，能不能跟我說話？」

「看起來好可憐。」阿倪小聲說出感想，「黑道大叔、喔不對，現在是倉庫大叔了，雖然看起來很恐怖，但人好像不壞？」

Miss S 不太甘願地承認，事實就是如此。武當是那樣孤寂，邋遢的外表是自甘放逐的表現。

可是 Miss S 無法將那幕從記憶中抹去——在酒店的那場血戰，發瘋的武當一挑三，同時對付 Miss S 仰賴的武力擔當熊叔，還有同為掠顱者的昇龍、降虎兩兄弟。

最後是武當獨活，瘸了一條腿與滿身重傷，但換走三條性命。

這樣驚世駭俗的狂暴怪物卻在這裡，求她能夠對他說話，這到底是什麼荒誕的場面？

所謂的掠顱者，非得是這樣強大又脆弱的存在？

「最近跟你們真有緣。」在緊繃的情緒越過某個點之後，Miss S 忽然失笑。

「你們？」武當讀懂了，便問：「妳遇到誰？」

「峨嵋。」

「綠眼睛的女生？」武當問。

阿倪不明白為什麼會提到峨嵋。Miss S 解釋：「峨嵋跟我們面前的武當一樣，都不是普通人。他們是同類。」

「什麼同類？」阿倪越聽越困惑。

「掠顱者。我跟峨嵋……還有其他的，都是被製造出來的。」

「製造出來做什麼？」阿倪又問。

「殺人。」武當漠然地說：「那是掠顱者的天職。」

「怎麼會？峨嵋姊姊那麼漂亮。雖然一開始很凶，可是後來對我很親切啊。她明明是很好很真實的人，為什麼是製造出來的？」

「阿倪，妳先冷靜。」Miss S 安撫。「這都是真的。妳看，現在連『淨土』這種病毒都出現了，很多事情不能再用常理判斷了。掠顱者是真實存在的。很難接受嗎？」

阿倪搖搖頭。「不是，我只是、我在想，峨嵋姊姊是被逼著殺人嗎？倉庫大叔，是這樣嗎？你看起來已經這麼可憐了，還要被逼迫嗎？以前你帶一堆黑道闖進我們家，也是被逼的嗎？」

「沒有人逼我。我只是接受邀請。」

「好奇怪啊。後來你把那些黑道都趕跑，阻止我被打。那些黑道很怕你對不對？結果你只能默默接受請求？倉庫大叔，你跟我這種小屁孩又不一樣。」

「阿倪，等等。」Miss S 無法不指出這點：「武當好像不是要用大叔來稱呼的年紀。」

「欸？」阿倪看了看武當，對十三歲的她來說，成年人似乎都嫌老。「大叔啊，所以你幾歲？」

「不知道。我不知道自己活了多久，也不知道被製造出來的時候是不是就這個樣子了？一開始的日子好混亂，分不出哪天是哪天。」武當試著回想，但那是徒勞無功。

「看起來年紀的概念對掠顱者不適用。」Miss S 說。

「我還是繼續叫你倉庫大叔吧，比較順口。」阿倪說。

「願意跟我說話都好。」

「倉庫大叔你也太寂寞了吧，那個什麼獵顱者？喔、掠顱者才對，都是像你這樣的嗎？峨嵋姊姊看起來很正常啊。」

「峨嵋很恐怖。」武當表情複雜，想起不太好的回憶。「她喜歡拿鐵籤把人的臉戳爛。擅長拷問，還被叫『拷問女王』。」

「峨嵋姊姊原來反差這麼大？『拷問女王』這個綽號聽起來很厲害，每個掠顱者都有嗎？倉庫大叔你呢？你叫什麼？」

面對阿倪如此好奇的追問，武當竟然有些困窘，更結巴起來，沒辦法好好說話。也許是太久沒被人這樣熱情關心了。

這個殺人不眨眼的掠顱者竟然在害羞？為什麼與阿倪的互動像是小孩在逗弄自家大狗似的？

Miss S 的心情相當複雜，比起回想峨嵋拿鐵籤捅人的武當更加五味雜陳，她心想自己到底都目睹了些什麼……

無法避免的，Miss S 開始覺得頭痛了，接連遭遇的驟變太多，讓她幾乎要脫口問武當有沒有提供酒精飲料……

十 倚天

下雨了。

雨水從布滿愁雲的灰色天空密集落下，沖散遍地血漬。暈開的髒血隨之蔓延，在積累的水窪中化成清煙狀的紅色紋路，流轉翻騰。

啪噠——

一對骯髒的赤足踏散水窪，汙濁的血水四濺。

沾滿泥與血的腳掌繼續前行，跨越街邊遍布的屍體。這些死屍早已腐爛，貪食腐肉的白色肥蛆在發臭髒黑的表皮蠕動。

屍體的姿勢各異，有的倒臥、有的面仰朝天、也有呈跪地蜷縮狀……唯一的共同點是皆為老人。

男人在淒厲的雨中獨行，不被這修羅場般的地獄景象震懾，亦無憐憫。

專為殺戮而生的掠顱者，對這樣的景象無動於衷，何況這個名為倚天的存在，只為找到他的劍。

到處流浪的倚天來到市區，懷中抱著一根破舊木棍，似是路邊隨意拾來的垃圾，但被他當作寶貝抱得很緊。

「在哪？在哪？」

那對被濕髮遮掩的眼珠子來回搜索，視線越過屍體堆與翻覆的車輛，看往冒出黑煙的道路盡頭。

那裡有一群人試著焚燒屍體，但被突然的大雨中斷。讓雨澆熄的火焰不斷冒出濃煙。

這些人距離冒煙處有一段距離，在兩臺警車旁或蹲或站，身穿的螢光雨衣印著「警察 POLICE」的字樣，雨衣下的腰間鼓脹，藏著警槍、警棍與無線電。

幾對眼神皆是漠然，對路上堆積的死屍無動於衷。

若仔細審視遍地的老人屍首，會發現死因不是出於槍傷就是遭到鈍器毆打，恰好都是這群警察隨身的裝備所能造成的。

若是更仔細審視，會發現警察的雨衣下襬有些許紅色汙漬……

「在哪？在哪？」

喃喃自語的倚天往警察接近，立即有人掏槍喝斥：「站住！雙手舉高不准動！」

被槍指著的倚天停下。掠顱者散發的氣息過於詭異，其他警察發覺不對勁，紛紛取槍。

「警察是……可以幫忙找東西的吧？」倚天似乎不擅長說話，語調與咬字相當生澀。「可以找失蹤的人，也能找遺失物，可以吧？」

「這不是我們的勤務範圍了。」最先舉槍的男警神情凶惡，看上去不超過三十歲。另外幾名警察也是這個歲數上下，是群年輕的執法者。

「你是警察啊！」倚天嚷著。

「眼睛瞎了嗎？現在不需要警察了。你看清楚，全部失控了。」凶惡男警像要驅趕討食的流浪狗，嫌惡地甩手：「滾開。」

「可是我的……。」

凶惡男警朝天鳴槍。

「嗚呀！」受到驚嚇的倚天張嘴號哭，整張臉皺成一團，像被責罵的孩子。「幫我找、幫我找！」

「不要廢話，快……。」凶惡男警本來要說「快滾」，但是沒能說完。

現場沒有任何警察看清楚倚天是如何逼近。等到眼珠能夠捕捉時，倚天的手指已經深深沒入那名凶惡男警的頸部。

凶惡男警僵直不動，連扳機都來不及扣下，驚恐睜大的雙眼似乎在無聲詢問——怎麼會？

倚天抽出手指，從凶惡男警的頸間破洞帶出一道噴灑血柱。

溫熱的鮮血噴在倚天臉上，染得面目濕紅，像汲血的厲鬼。

凶惡男警癱軟倒地。冰冷的雨滴落在無法闔起的茫然眼瞳上，脖子的紅洞血湧不止，在凶惡男警的身邊積成血圈。

餘下看傻的警察接連回神，瞬間火光迸發，子彈連擊。

倚天以詭異的身姿連續閃過子彈，每一步都提前預知子彈的軌跡，在閃躲之間牢牢將破爛木棍抱在懷中，右手則捏出劍指。

倚天逼近一名女警。女警看劍指劃過，竟產生一股錯覺——好像有陣若有似無的鋒利冷芒。

女警捂著冒血的喉嚨跪倒。

「我的劍我的劍我的劍我的劍我的劍——」

倚天悲痛吼叫，來回穿梭在警察之間，劍指劃過之處必有死傷。警察在雨中接連倒下，成為街上無數死屍之一。

剩最後一人。

這名警察失去對倚天開槍的意願，任憑處刑般佇立不動。

「我找不到，你幫我找。找出我的劍。」即使能以武力脅逼，倚天卻像無助的孩子懇求。

警察搖頭。

「你明明是警察，為什麼不幫我？」

「不是警察，是殺人魔。老人、我們殺了好多老人！好可怕，我不能控制自己，一直開槍……停不下來。瘋了，這個世界瘋了！」警察失控咆哮，將槍抵在太陽穴，食指毫無懸念地扣下。

警察倒下，倚天哀傷地望向遠方。他好想找回自己的劍，現在只能在屍堆之中徒然抱緊木棍，無助地痛哭。

一輛黑色轎車朝此處駛近，在發現才剛結束的凶殺之後，立即轉向駛離。

哀痛號哭的倚天沒漏掉周圍動靜，朝黑色轎車狂奔。

掠顱者雙腳一踏，整個人高躍而起，落在黑色轎車的引擎蓋上，重重踩出凹陷的腳印。

黑色轎車被倚天一踩，不穩地打滑，被迫急煞停下。

倚天歪頭望著擋風玻璃，提出一樣的問題：「有沒有看到我的劍？」

因為隔著擋風玻璃，駕駛與乘客都聽不見。倚天戳出劍指，擋風玻璃應聲碎裂，綻開大洞。

倚天又問一次，話剛說完立即撇頭，躲開擊發的子彈。

駕駛座的司機手中有槍，衝著倚天拚命開火。劇烈的槍聲中有急促的示警：「委員快逃！」

這是司機說的最後一句話，也是這輩子最後說出的四個字。

這個年輕的男性司機被活生生釘在原位，倚天的劍指先貫穿他的喉嚨，再刺進後方座椅。

倚天彎下身窺視車內，發現副駕駛座與後座都有人。

副駕駛座的女助理舉著槍，驚恐地瞄準倚天卻不敢擊發，因為剛才倚天接連躲避子彈嚇壞了她，以為子彈皆是徒然。

至於待在後座的，則是一名沉穩的男人，不管是面相或氣勢都與尋常市民不同，面對倚天突然的襲擊更是不為所動。

這畫面看起來，還以為是男人好整以暇地等待倚天現身。

——男人事先完完全全不知情，只是路過。

「我不知道你的劍。」

在倚天再次發問之前，男人先回答了。對於可能招來的殺身之禍無動於衷。致命的劍指懸在半空。倚天知道男人還有話要說。

「我能幫你找。」男人說。

「我的劍，你真的幫我找？」

「不管是你的劍，或你的人，都是上好的劍。不替你找出來太可惜了。」

倚天第一次聽到這樣的稱讚，反倒不知所措。跟以前實驗室單純指引他殺人的研究員都不一樣。

倚天放下劍指，咧嘴傻笑。

「跟我說說你的劍，還有你的名字。」

「倚天。」

「好名字。」

「你叫什麼？」倚天歪頭問，充滿好奇。

男人微笑。

「我姓屠。」

雨仍未停。

在布滿泥濘與血汙的街道上，那一身印有無數血斑的白色工作服吸飽雨水，水珠隨著前進的步伐一再震落，伴隨金屬的鏗鏘碰撞。

麒麟的手裡握著幾條鐵鍊，另一頭拴在幾名老人的頸上。

這些老人像狗般跪爬，撐地的手掌與指節破皮流血，膝蓋撞出瘀傷，被雨水浸濕的衣服緊貼乾癟的軀體，讓他們冷得不斷發抖。

白色的行刑官彷彿遛狗，牽著這些老人在雨中行進。

在幾近被棄置的城市之中，麒麟尤其醒目。如此肆無忌憚將老人當狗遛，簡直像故意引人注意。

這些老人原本關在「審判日」的據點，也就是Dahlia提過的左棟三樓。麒麟從中隨機挑選幾人，從據點帶出。

離開據點不代表這些老人獲得自由，這僅僅是麒麟的例行工作。老人們稍晚還得被關回去，直到下次又被選中，或是提前死在據點。

老人低垂著頭爬行，伴隨粗沉的喘息。滿臉的皺紋盡顯歲月與飽受折磨的痕跡。

一名老人忽然眼睛翻白癱軟倒下，臉撞進骯髒的水窪，泥水四濺。

麒麟停下，回頭看著無力爬起的老人。其他老人跪著不敢動，連呼吸都小心翼翼，瑟縮如等待挨受刑罰的犬隻。

麒麟沒有拉扯鐵鍊，亦沒開口斥罵，而是握住腰間的砍刀。

有老人偷偷瞄見麒麟的動作，更加驚恐、嚇得快要縮成一團。

麒麟的刀還沒出鞘，從騎樓中有幾人發出怪叫、接連竄出。這些人神情猙獰，一個又一個撲向麒麟身邊的老人。

全部都是「淨土」感染者。

慘遭攻擊的老人不斷哀號，掙扎中鐵鍊發出混亂的聲響。

麒麟揪住一名感染者的後頸，隨手將之扔開。這個感染者馬上爬起，再次撲向老人。

一道冰冷寒光迅速斬下，感染者應聲止步，從斷頸冒出的鮮血狂噴，落地的頭顱滾了幾圈。

其他感染者沒有感受到生死危機，被「淨土」驅使的他們只剩殺害老人的衝動。

麒麟手中砍刀飛舞，接連將這些感染者斬殺。

被攻擊倒地的老人任憑溫熱的血水灑在身上，不敢趁機逃跑，沒有被這份天真的妄想引誘。因為鐵鍊始終握在麒麟手中，衰老的他們早已無力掙脫。

一輪屠殺過後，麒麟甩掉刀身的血和雨，卻沒將刀收回鞘中，因為有其他人接著出現。

這幾人全副武裝，顯然屬於同一個團隊，彼此的站位互相配合，包圍了麒麟。這支團隊既非闇山組，也不是永生樹的僱傭兵。

在世界失序之際，懷著野心的組織接連加入抗體的搶奪戰，試圖從中獲取利益。這些人基於同樣的原因盯上麒麟，標誌性的白衣暴露他所屬的陣營。

「審判日」的存在已經傳開，讓各路人馬注意到了，更有消息傳出「審判日」得到抗體。

對於麒麟而言，這支現身的組織沒有攻擊老人，並非感染者，正是他在尋找的對象，哪怕對方也是為了抗體而來。

雙方在雨中對峙。

瑟縮的老人們依然乖乖跪好，但是頭垂得更低，被一觸即發的肅殺氣氛逼得要無法呼吸。

麒麟率先打破僵持的局面，拖著砍刀衝破雨幕，被他拉扯的鐵鍊鏗鏘作響，遭到拖行的老人們發出驚惶的哀叫，再次被降臨的血雨淋了滿身。

鮮血四濺，斷肢與頭顱橫飛。

白色行刑官的刀一再綻放紅色大理花。

這些人全非麒麟的對手，所有的攻擊與反抗都像紙糊般脆弱，抵擋不住凶狠殘暴的砍刀，一一死於刀下。

血雨停了。

新的、潔淨透明的雨水仍在墜落。

麒麟掃視仍在湧血的新鮮屍體，踩踏其中一具，以死屍的衣物抹去刀上的髒汙，這次終於收刀。

麒麟再次拉扯鐵鍊，扯出老人怯弱的低叫與顫抖。

拖著年邁的狗隻，麒麟繼續在雨中徘徊。

十一　王蛇

深夜的大賣場。

在失去供電的漆黑賣場裡，有一群人藉著手電筒的燈光圍坐成圈。燈光照出這些人的面容，有男有女，從大學生到社會人士、老人皆有，幾乎包含所有年齡層。他們和平地聚在一起，分享賣場裡的牛奶與麵包。

在「淨土」爆發後，這樣景象變得稀罕難得。

在咀嚼與交談之中，有溫暖的光源接近。四名展場 showgirl 似的女人手捧白色蠟燭走來。被四個女人簇擁其中的，是一個面帶福相的圓腫男子。

燭火照在圓腫男子仔細梳理的閃亮油頭，藍色西裝嶄新亮麗，氣勢像銷售大師，實際上卻是心靈成長課程的導師。

分享食物的眾人見到圓腫男子出現，紛紛放下麵包，像見到救世主般崇拜，更有人眼眶泛淚。

圓腫男子站定，四名美女在他身邊排開。

「大家都有吃飽嗎？」圓腫男子問，笑容有無法掩飾的油膩感。

「有！」眾人齊聲回答。

「大家都要好好養足體力，我們是世界的希望。外面都是人跟人在互相殘殺，只有我們保持理智，互相扶持照顧。這裡是最後的樂園了。要好好守住這裡，延續人類的歷史。」圓腫男子鼓勵。

這些人都是同一個心靈成長課程的成員，由這個被尊稱為心靈導師的圓腫男子帶領。課程的教室正好與大賣場共用同一棟大樓。

隨著斐先生的公開宣言發表，賣場內的顧客與店員開始逃難，紛紛擠在出入口。感染者跟著發作，

鏡文學
MIRROR FICTION

末日森林
舊樂園與新世界
崑崙——著　ALOKI——插畫

當場掀起屠殺。

當時這群人在租借的教室中探索身心靈的奧祕，竟然僥倖避開，沒有跟著遭殃。

等到他們察覺發生什麼事的時候，世界早已混亂。留給這群人的是空蕩無人的大賣場，還有大量的物資。

入口處堆積太多屍體，太驚悚又太噁心，形成威嚇的屏障，這幾日還沒有人進來搜索物資。因此這群人得以免費享用大賣場的一切食物與設備。

更幸運的是，直到今日都無人發作。這一再的幸運讓他們確信自己是被上天選中的一群。

肥腫男子更是展現作為心靈導師的睜眼說瞎話功力，發表慷慨激昂的演說，讓這個團隊更加堅信他們是世界最後的希望。

「等到一切平靜，我們要建立新的秩序。」肥腫男子宣示。

黑暗中有影子聳動。

起初肥腫男子沒發現突來的不速之客，在場也沒人注意到。等到影子足夠接近，走進所有人的視線之中才引起騷動。

「你是從哪進來的？」肥腫男子上下打量。

這名突然現身的漁夫帽男人很年輕，目測年齡不超過三十歲，看上去有些輕浮，像是會在街上隨意搭訕女生的類型。

肥腫男子卻沒注意到，漁夫帽男人對他身旁的四名好看又性感的女人視若無睹。

肥腫男子不免納悶，為了安全考量，他預先派人在入口守著，都是團隊裡年輕有力的壯丁，怎麼會放任這名男人進入大賣場？

難道這個男的也想成為心靈成長課程的一員？肥腫男子猜測，對自己的名聲很有自信。

漁夫帽男人全然無視眾人的疑惑，逕自走向貨架，拿了一瓶伏特加豪飲，輕鬆寫意彷彿喝的是礦泉水而非烈酒。

一個抹著濃妝的大嬸看他放肆取用，激動地嚷著：「那是我們的東西呀！要喝就付錢！」

濃妝大嬸這一吵，漁夫帽男人隨後扭緊瓶蓋。

「你做什麼呢？是不是想放回去？你喝都喝了，快付錢啊！」大嬸還在吵，忘記這酒本來就是大賣場的東西。

漁夫帽男人走向濃妝大嬸，手抓酒瓶的姿態帶著威脅性。

不識相的濃妝大嬸嘴脣蠕動，還想廢話。漁夫帽男人的動作更快，把酒瓶往濃妝大嬸頭上砸。

酒瓶應聲碎開，濕淋淋的酒水沿著濃妝大嬸的額頭流了滿臉。

「妳他媽吵夠沒有？」男人眼裡有閃逝的凶光。

濃妝大嬸眼睛暴凸，瞳孔無法克制地變成鬥雞眼。鮮血這時候才從頭頂流了下來，滑過鬥雞眼之間的鼻梁。

濃妝大嬸雙眼一翻，重重倒地。周圍的人驚恐跑開，無人敢上前關心她的死活。

老早站得遠遠的肥腫男子出聲指責：「太過分了，你這個人怎麼能這麼惡劣？」

漁夫帽男人笑了，他三天兩頭就要獲得這樣的評語，聽得都膩了。

因為這個男人是永生樹之中名聲最臭的僱傭兵。

——王蛇。

王蛇看著抱頭哀號的濃妝大嬸，舉起被敲破的酒瓶，不規則的尖銳斷面反射手電筒的光。

王蛇用力一刺。斷裂的酒瓶插進濃妝大嬸臉頰，穿出一個個血洞。濃妝大嬸雙手雙腿瘋狂抖動，臉上的妝都被血給暈花，染成難看的大紅色。

王蛇盯著濃妝大嬸瞧。好像在看什麼無足輕重、就算死得再慘也無妨的蟲子。

突來的暴行嚇壞現場眾人，無人敢吭聲，視線都投向身為心靈導師的肥腫男子，期盼他能有所行動，帶領眾人驅趕這名逞凶的暴徒。

「不要廢話。」王蛇警告。「我就拿了一瓶酒喝，到底在捨不得什麼？眼睛都瞎了嗎？不是還有很多酒？想喝就去拿啊。」

王蛇來回扭轉手中酒瓶，在濃妝大嬸的臉上刮出更多血痕，讓她澈底毀容。

「都活到這個歲數了怎麼還不懂看人臉色？」王蛇碎念：「活該有瘋子要製造病毒弄死你們這些老人。」

「住手、你住手！」肥腫男子被學生們的視線逼急了，倉促叫喊。

「看起來你是帶頭的。這樣正好，交給你回答。有沒有看到一個抱木棍的神經病？」王蛇問。

「沒看見！你找的人不在這裡。」肥腫男子盡可能提高音量，不讓氣勢輸給王蛇。為了繼續帶領團隊，他不能在這裡示弱。

王蛇拋下滿臉是血的濃妝大嬸，又來到貨架前。這次拿了日本燒酎。輕鬆飲盡之後，隨手將空酒瓶扔向肥腫男子。

「哎！你這人怎麼這樣！」肥腫男子跳著躲開，圓滾滾的肥肚跟臉頰不斷晃動。砸地的酒瓶碎開。肥腫男子氣得要命但奈何不了王蛇，只能看著這個惡徒繼續拿酒喝。眼看王蛇再度放下空瓶，導師搶先退開。

王蛇沒有扔酒瓶，反倒嘲笑：「在怕什麼？你只長肥油沒長膽子啊？」

肥腫男子惱怒大喊：「請你離開！立刻離開。」

其他人跟著附和：「快滾、你快滾出去！」說的時候同樣躲得遠遠的，只有濃妝大嬸仍然倒在原處，像棄置的垃圾沒人搶救。

肥腫男子與學生們的焦點都放在王蛇身上，沒發現暗處有更多影子聳動，直到那些人一一現身。

「你們到底是從哪進來的……在入口顧著的學生呢？」肥腫男子呆問，學生們也看傻了。

這些人乍看平凡無奇，但是眼神異常呆滯，走路的節奏遲緩怪異，彷彿被操控般沒有知覺。其中有男有女，年齡也有差距，從青少年到中年皆有，甚至還有老人。

無人回答導師的提問，而是逼近王蛇。

「居然追到這裡來。」被包圍的王蛇說。

肥腫男子與他的學生們已經看不到王蛇了，這個惡劣的不速之客被人牆團團圍住。

肥腫男子認為是王蛇在其他地方與人有恩怨，頓時鬆一大口氣，變成看戲心態。

「不要怕，已經沒事了！」肥腫男子安撫學生們，見到局面對自己有利，音量不自覺加大幾分：「來好好看看這個人的下場吧！」

「你這個油膩的胖子在擅自幻想什麼？」王蛇的聲音從人牆中傳出。隨後人牆讓開，讓王蛇從中走出。

肥腫男子愣住。終於看懂這些人都是聽從王蛇的命令。

「我再問最後一次。有誰看過一個抱著木棍的神經病？」王蛇掃視一圈，無人敢與他的視線對上，紛紛望向肥腫男子求助。

肥腫男子飛快思索，知道硬碰沒有勝算，但是王蛇看起來不像是可以交涉的人……完全沒有要講道理的意思。

怎麼辦？該怎麼辦？肥腫男子摸著下巴苦思，又轉頭看了看捧蠟燭女人的豐滿胸部，試著從深深的乳溝擷取靈感，結果除了多餘的淫欲什麼都沒有。

既然這些人沒見過，王蛇懶得浪費力氣，挑了幾瓶酒裝在購物籃裡，離開這區賣場。

肥腫男子等到王蛇終於走遠了，才敢繼續大聲說話：「這個人終究明白了，訴諸暴力不是好的方法。有一天他也會被我感化，體會到身心靈合一的祥和……。」

肥腫男子還要繼續說下去，隨即被扔擲過來的酒瓶砸中額頭，抱著暈眩又疼痛的腦袋踉蹌坐倒。他伸手去摸，發現掌心一片溼紅，嚇得發出小女孩般的破嗓尖叫。

「血！是血！我要死了、我會死！」

「少廢話啊。我懶得動手，但是要讓你的嘴巴永遠閉上也不是什麼麻煩事。」王蛇的聲音遠遠傳來，飽含威嚇與煩躁。

王蛇轉往其他樓層，暫時遠離這些被心靈成長課程洗腦的白痴。找到安靜的角落，他打開一瓶全新的龍舌蘭，在傀儡的環繞中繼續獨飲。

喝著喝著，王蛇想起某個同樣是永生樹的僱傭兵，一個曾經背叛他與峨嵋的懦弱男人。王蛇不在意遭到背叛，不僅認同這種把戲還當成理所當然。人與人之間的互相出賣，就像吃飯喝水一樣平常。他是真的不在意。

王蛇掏出手機，試著撥出通話。

「喔？居然還能用？」王蛇本來是想單純測試。

在世界大亂的階段，手機能否通話都是謎，時而正常時而停擺讓人無從捉摸。不過撥出是一回事，能否有人接聽又是另一回事了。

王蛇側耳聽著手機的響鈴，直到突然中斷。

王蛇無奈地搖搖頭，仰頭猛喝龍舌蘭，想藉由酒精麻痺情緒乃至這副身體。

到了隔天，在酒瓶堆中醒來的王蛇沒有宿醉，明明是如此凶猛的飲酒量，卻跟個沒事人一樣。尾隨他的傀儡們則是徹夜站在一旁，若不是胸膛還能看見呼吸起伏，真像全都死了似的。

「實在太邪門了，一醒來就看到這些傀儡有夠噁心……。」王蛇碰倒空酒瓶，引起連串碰撞，在清脆的玻璃聲響中，他覺得喉嚨又乾又渴。

王蛇輕鬆站起，完全沒有酒醉的昏沉疲乏。他踢開身邊的酒瓶，打算再去一趟大賣場的酒類陳列區，這次要拿上更多的酒，好好喝個夠。

再次返回的王蛇遠遠便發現了，肥腫男子跟他的學生們全部站立不動，像是罰站的墓碑散落的手電筒照亮這些人的臉孔，被王蛇毀容的大媽表情木然，沒有顯露任何痛楚。

儘管大媽那張醜臉已經面目全非，爬滿一道道綻開的割裂傷，還有凝結的血塊。

作為心靈成長導師的肥腫男子同樣帶傷，被王蛇拿酒瓶扔砸的額頭傷口高高腫起，泛出青紫色，還帶著血。

這些人好像肉身留在此處，意識與靈魂卻已經脫離，落進另一個世界或弔詭的夢境似的。

「這些白痴也逃不過啊。」王蛇並不驚訝，這些人的變化都在預期之內。

他轉頭對原本的傀儡們說：「喂，你們有新朋友啦。」說完還不屑地嗤笑起來。

這種傀儡化的模樣是被感染的證明，元凶是王蛇身上的「變種淨土」。

當初斐先生對王蛇的血液做了檢測，不僅是超級感染者，甚至早已自體免疫，而體內殘存的「淨土」病毒更發生變異。

感染原始的「淨土」之後，感染者只有遇到老人會失去理智，殺完又恢復正常。但是若遭到王蛇的「變種淨土」感染，則會變成失神的傀儡狀態，並且以他為中心活動。

起初這讓王蛇覺得很礙事，身邊多了太多雜魚。不過他的習慣是盡可能使用各種資源，就連感染者也能視為武器。何況這些人牆是專屬於他的傀儡部隊。

王蛇會妥善利用的。他一直以來都是如此，不放過所有對自己有利的武器，還要再找出更多「變種淨土」的可能性。

更重要的是找出那個叫倚天的瘋子。

「該死的我沒有死掉，這條爛命就是為了留著收拾他吧。」王蛇無奈地搖搖頭，來到貨物架尋覓其他新酒。

傀儡群寂靜無聲，只剩微弱手電筒照明的大賣場裡，傳來孤獨的飲酒聲。

十二 武當

Miss S 一來到會議室，便看見 Dahlia 手拿針筒，往麒麟的頸子插入。針筒中的液體是蔓越莓汁般的顏色，Miss S 並不陌生。

這是斐先生提供的藥劑，是從掠顱者計畫中提取而來，可以大幅強化身體素質。過去 Miss S 的手下熊叔也會固定施打。

見到熟悉的藥劑，Miss S 無法避免地懷念起熊叔。那是強大又溫柔的人。

「稍微等我一下。」Dahlia 把針筒推到底，藥劑全數注入麒麟體內。

Miss S 本來帶著幾分看好戲的心態，想看行刑官施打藥劑會有什麼反應？可是與熊叔注射後的痛苦慘狀不同，麒麟毫無反應。這讓 Miss S 納悶難道斐先生推出改良版的藥劑，不像熊叔施打的版本會帶來極度痛苦的副作用？

注射完畢，Dahlia 抽出空針筒，隨手放在桌上。麒麟自動退開。

「找妳來是為了兩件事，」Dahlia 直接切入正題：「第一，我要弄清楚閻山組想要什麼？是跟『審判日』站在共同立場要消滅抗體，或是打算製作解藥？」

「如果立場衝突呢？」Miss S 問。

「那就消滅他們。閻山組雖然麻煩，但不難處理。」Dahlia 笑著說：「老實說，我沒把黑幫放在眼裡。這些只因為眼前利益集合起來的團體，非常脆弱又容易瓦解，稱不上威脅。」

「我相信閻山組對妳來說，不過是煩人的蒼蠅罷了。」Miss S 表面平靜，其實暗自竊喜。剷除閻山組對 Miss S 有絕對的益處，不管搶奪抗體的原因為何，現在擺明是針對阿倪。過去 Miss S 與閻山組還有不少恩怨糾葛，若是能消滅這個黑幫，她絕對是非常樂意。

Miss S 沒有沉浸在喜悅，而是謹慎確認：「那麼第二件事呢？」

「我需要妳幫忙想想，可以用什麼更有效率的方法找出其他抗體？現在我用的方法非常簡單，相對的浪費時間沒有效率。以你們的成語來說，就是『土法煉鋼』吧？」

「現在用的是什麼方法？」Miss S 問，還沒見識過。

「固定出去搜索，還有出動大量空拍機監視。另外呢……記得跟妳提過的左棟三樓嗎？那裡關著一些老人，是特地留下的。」

「記得。」

「麒麟會定期挑幾名老人出去散步，就是替他們繫上鐵鍊，類似遛狗吧。麒麟溜著他們四處亂逛，找找那些看到老人卻沒有反應的人。」

把人當狗遛？Miss S 乍聽時感到詫異，隨即接受這種扭曲的行事作風，畢竟麒麟與 Dahlia 擺明是不能用常理看待的傢伙。

Miss S 另有不能理解的部分：「連妳都感染『淨土』了，麒麟卻能接觸老人？他也被注射抗體，還是天生就具備抗體？」

面對 Miss S 的疑問，麒麟以輕鄙的目光回應，帶著幾分嫌她愚蠢的味道。

「麒麟是特別的。」Dahlia 沒有額外說明，態度也表明不會多說。

所以 Miss S 沒把話題停留在麒麟身上，而是改問：「找到其他抗體之後呢？」

「我將遵從父親的意志，那些抗體只有一個下場。」

「希望妳口中的那些抗體不包含阿倪。」

「別讓我為難，一切取決於妳的表現。」

Dahlia 不必恫嚇，便有十足的威脅性。

Miss S 不是會忍受威脅的那種人。沒人喜歡被威脅，但在這種需要證明自己價值以便護全阿倪的時刻，Miss S 不會做無謂的口舌之爭。

「我要強調，我不會是妳的威脅，『審判日』也不是。」Dahlia 和緩地說。

「阿倪始終是籌碼。」

「除了閻山組，還有其他人也在尋找抗體：麒麟散步時遇到了零星的小麻煩，真愚蠢，『不自量力』這個成語好適合形容他們。」Dahlia 說中文時帶有口音，在提及成語時特別仔細地把每個字都講清楚，意外地像個好學的學生。

「妳用的成語很精準。」

「必要時，我可以把這些組織都消滅。」

「儘管立場相同？」Miss S 問。

「儘管立場相同。」

Miss S 明白，Dahlia 此時的篤定取決於自己對「審判日」有多大的用處。

現在 Miss S 的處境像是走在獨木橋，絕對不能犯錯，不容許任何失誤。否則，萬劫不復的不會只有她一人。

「妳有我的保證。」Dahlia 再次強調。

Miss S 聽見了，但也只是聽進去罷了。

結束與 Dahlia 的會議，Miss S 返回居所。

路上她的腦袋運轉不停，似乎又回到過去為斐先生工作的那段日子。

儘管沒有血緣關係，Miss S 仍在 Dahlia 身上看到斐先生的影子，他們都有相同的瘋狂特質。

回到居所前，Miss S 在門口站定調整心情，然後才轉開門把。

阿倪躺在沙發上發呆，發現她回來便揮揮手。Miss S 關上門，來到沙發旁。

「挪個位子給我。」

阿倪聽了不但沒有移動，還故意張開雙手雙腳，作勢霸占沙發。這樣的調皮逗笑了 Miss S，讓她心情緩和許多。

「好了，我不鬧了。」阿倪也笑了出來，縮起雙腿讓 Miss S 坐下。

這幾天 Miss S 與阿倪逐漸習慣在「審判日」的生活。她倆都擁有極佳的適應力與求生意志，可以快速熟悉新環境。

「Dahlia 姊姊跟妳說了什麼？」

「沒什麼，丟了工作給我。不難處理，我現在就像是顧問的角色，說不定比以前輕鬆。」Miss S 故意說得無關痛癢，避免讓阿倪為她擔心。

「這樣啊，希望 Dahlia 姊姊不要太刁難妳。有什麼困難都可以跟我說，我很樂意聽大姊姊吐苦水喔。」

「謝了。」Miss S 拍拍阿倪的膝蓋，仰頭靠倒在沙發椅背，看著被陽光照亮的天花板讓思緒放空，挪出空間讓更多的點子跑出來。

不知道怎麼的，Miss S 對武當十分在意。可能是當初結下的淵源使然，也可能是開始產生拉攏武當的意圖。

「死小孩，陪我走一趟。」

「什麼？這麼突然要去哪？」

Miss S 決定展開拜訪。

據點內的走廊雖然空曠，卻無法避免地悶著夏天的暑氣，與室外有明顯的溫差，外頭有風反倒要涼快得多。

倉庫的門窗因此敞開，讓風得以流動。

Miss S 到訪時，武當仍在整理倉庫，盡責執行被交付的任務。箱子堆疊得相當整齊，分類排好以便取用。

發現 Miss S 出現，武當自動詢問：「還要牛奶？」

「牛奶還有。只是閒聊。」Miss S 不自在地說。

「我該說什麼比較好？」武當問。

這問倒 Miss S。她本來就不是健談的人，扣除必要的交涉與談判，基本上不會浪費力氣說話。

幸好，還有阿倪。

擁有過剩好奇心的阿倪纏著武當問東問西，好像小孩纏著自家大狗玩似的。

「倉庫大叔你的名字是自己取的嗎？還是人家給你命名的？為什麼這麼武俠風格啊？像峨嵋姊姊也是，我記得武俠小說有門派叫峨嵋派對不對？」

「我不清楚。研究員說我就叫武當，名字都是這樣，另外有崆峒跟昇龍、降虎，還有倚天……另外有很多我記不起來。」

武當回憶。除了熱衷殺死自己人的昇龍、降虎兩兄弟，其他掠顱者之間不見得有交集，更多時候是困鎖在自身混亂的精神世界。

「掠顱者這麼多啊？我還以為只有你跟峨嵋姊姊。你們這種專門殺人的在街上到處跑很恐怖耶，哪天起衝突不就直接把人打死？」

「掠顱者不多了，好多都發瘋，互相殘殺死了好幾個。」武當說。

「你跟峨嵋姊姊活著逃出來算是很幸運囉？」

「這樣是幸運嗎？」武當不太能理解幸運跟不幸的概念，對於掠顱者難以想像。他們更擅長辨認殺得死跟不太好殺死的差異。

「當然幸運囉，沒死掉都是好事吧？」

「死了好像比較輕鬆。妳是不是很喜歡峨嵋？」武當問。掠顱者受到喜愛是很奇怪的事，跟幸運一樣難以理解。

「應該喜歡吧。峨嵋姊姊的綠眼睛很像外國人，可是臉是亞洲人的臉，這個組合好衝突又好漂亮。說到外表，倉庫大叔你是故意裝成流浪漢嗎，想低調不被發現？」

武當雖然曾經細心打扮，但在所有希望都破滅，回歸流浪生活後又變成這副扮相。

武當沒有感到這身衣著的不恰當。比起在外貌上用心，更急著擺脫與生俱來的孤獨。

「現在不流行頹廢風喔。不過我同學喜歡那種白白淨淨的奶油男好像沒有比較好。嘔。」

武當反覆審視穿著，謹慎地問：「換掉會比較好嗎？」

「換掉吧！就算沒發出酸臭味，可是看倉庫大叔你穿這樣會一直覺得有味道耶。你看，我要站這麼遠才敢跟你說話。」阿倪指了指自己跟武當之間不短的距離。

「我再找找看。住戶的衣服應該有我能穿的。」

「我問你喔，你們真的把這裡的住戶都殺光了？」

武當搖頭。「我負責管倉庫，殺住戶的時候沒叫我。」

「如果叫你呢？」

「我不知道。不想再碰這些了。」武當說。

「這好像違反掠顱者的特性？」Miss S 想起斐先生曾經提及，掠顱者有相當敏銳的共感力，可以察覺他人的需求，像鏡子般投射出他人願望。

「掠顱者的特性？」武當反問。

「你受到邀請。Dahila 邀請你。」Miss S 說。

Miss S 似乎提到關鍵字。武當的眼神黯淡下來。他垂下頭，攤開雙手，凝視粗糙龜裂的掌心。

「邀請？有人跟我說過要辨別所有的邀請。我不知道，要怎麼辨別才好？我遇過以為是對的邀請，結果好像錯了，我搞砸了。」

往事刺激武當的情緒。他激烈搖頭，糾纏的亂髮胡亂甩動，喃喃自問：「我到底是什麼東西？」

掠劖者這番反應引起 Miss S 警戒，向阿倪示警往門口移動。

武當接連撞倒身邊的紙箱，頹然坐倒。陷在紙箱堆的他看起來像失去求生意志的遊民，沒有誰會認為這是致命的殺人機器。

被引起同情心的阿倪慢慢走近。

Miss S 試圖叫住，但阿倪已經來到武當面前。

「倉庫大叔，這樣真的太難看了啦。我問你喔，你會動不動就被人打嗎？」

垂頭不動的武當沒說話。

「應該不會吧？你是專門揍人的對吧。那你會常常餓肚子嗎、會被同學嘲笑嗎、會被老師冷言冷語對待嗎？倉庫大叔你怎麼都不回答，沒辦法說話嗎，還是想不起來？」阿倪又問。

「我沒有同學。」武當虛弱地說：「沒有老師。也不餓。」

「這些我常常經歷喔。」阿倪回頭看了無辜又錯愕的 Miss S，後者的表情簡直是在問什麼時候打過她、讓她餓過肚子？

阿倪修正說法：「喔，現在不會動不動就被打，也不會挨餓了。可是以前過的都是這種日子。倉庫大叔你看起來很可憐，但還沒糟到那種地步吧？至少你沒被扔進垃圾車，這裡本來的住戶都……。」

武當感受到阿倪的情緒。像是硬要從爛泥中發芽茁壯的意志。不服輸，而且頑強。

「如果不知道自己是什麼東西，那就不要想啦。想破頭也沒用，跟數學一樣啊，不會就是不會，沒有答案的問題就丟著不要理它了，倉庫大叔你會比較輕鬆喔！」

阿倪說得理直氣壯，從旁邊的紙箱翻出巧克力棒，其中一條遞給武當。

「難過的時候就吃巧克力啊，聽說吃這個會讓心情變好。」阿倪當自己家大方拆了另外一條，送進嘴裡咬了幾下。「這個包榛果耶，好棒喔。大姊姊妳要不要？有點融化了不過還滿好吃的。」

「妳這個死小孩，怎麼可以這麼囂張？」Miss S 翻了白眼。

阿倪舉起手，把巧克力湊到 Miss S 嘴邊。

「妳幹麼？」Miss S 下意識閃避。

「大姊姊妳是不是傲嬌，故意裝不想吃？那只好餵妳了。」

「妳不能換一條新的嗎？這個妳咬過了。」Miss S 皺眉，看著留有齒印的巧克力棒。

「這是在嫌棄我嗎？」

「我是嫌棄妳咬過的巧克力。」

「那就是嫌棄我了。」

在兩人打鬧時，武當拿起扔到懷中的巧克力，撕開包裝後拿在手裡觀察，好像是第一次看到巧克力般好奇。他咬了一口，仔細咀嚼。

「很好吃吧？」阿倪問。

「好甜。不習慣這種味道。」武當凝視巧克力的斷面，想起記憶中的另一股甜味。「妳們喝過蜂蜜牛奶嗎？把牛奶煮滾，再加蜂蜜攪拌。我喝過一次。」

「不會太甜嗎？」

「不會。好像是很好的蜂蜜。我也不懂，有人弄給我喝。」武當翻找紙箱，取出上次給 Miss S 的保久乳，又回頭往紙箱堆尋找。

「倉庫大叔在找蜂蜜對吧？」阿倪熱心檢查其他紙箱。

Miss S 獨自站著，詫異阿倪跟武當可以這樣相處融洽。

這個死小孩擁有特殊的人格魅力，Miss S 不太想承認，覺得這既是優點卻也可能帶來危險。

Miss S 發現阿倪在某種程度上很容易跟人……或者該說跟非常人的特異存在打成一片，先前同是掠顱者的峨嵋對阿倪也有好感。

Miss S 亦在思考，或許武當的本質不是那樣殘暴。掠顱者只是工具，執行被指派的任務，不見得本性就是好殺嗜血。

天啊，我居然在替掠顱者緩頰？Miss S 驚覺。

事情的變化都超出 Miss S 的想像，過去的她絕對不會相信，有一天能跟掠顱者如此融洽相處。

「大姊姊妳怎麼在發呆？」阿倪問。

「我突然在想，如果沒有『淨土』出現，我們現在會是過著什麼樣的生活？」

「我應該又要去學校上課吧，想到就好煩。又要見到跟猴子一樣的白痴同學，還有廢話很多的老師跟校長。不過現在到處被追殺，好像也沒有比較好。」

「我寧願妳是平安不受威脅的。」

「又不是我能選擇的。」阿倪闔上紙箱，繼續往其他地方翻找。「大姊姊妳呢？如果沒有病毒，妳現在是不是能繼續養魚？不知道家裡那些魚怎麼了？」

「魚？」武當好奇問。

「大姊姊養了很多鬥魚，什麼顏色都有！還有種盆栽，是我提議的，不然只有養魚好無聊。」

「鬥魚才不無聊。」Miss S 反駁。

阿倪這一說讓 Miss S 想起留在家裡的鬥魚牆，不知道那些鬥魚現在怎麼樣？

Miss S 沮喪又心疼，鬥魚雖然擁有頑強的生命力，但也不能永遠餓肚子。遺憾的是她不可能帶著所有的鬥魚逃跑，只能暫時捨棄。

Miss S 的情緒被武當感知，他的眼神多出幾分擔心。

「對了，倉庫大叔你搞不好可以種花，從管倉庫的變成農夫。」

「農夫？我可以嗎？」武當搖頭，除了殺人，其他許多事都毫無自信。

「可以啦，應該比整理倉庫輕鬆，只要有陽光，然後定期澆水——」

「妳說得很輕鬆，那是因為都是我在顧的。」Miss S 沒好氣地說。

「不然以後都丟給倉庫大叔顧。反正病毒不會一直肆虐下去，總有一天會結束吧。到時候又可以過著跟以前一樣的生活了吧？」

「希望是這樣。」Miss S 不忍戳破阿倪的想像，或許有些事情就這麼遭受永久性的破壞，不會再跟過去一樣了。

三人各有不同的思緒，一時停下對話。

午後的橘黃色陽光與微風落入倉庫。

緊隨而來的，是讓所有寧靜霎時無蹤的慘叫。

十三 麒麟

慘叫穿透據點，聽起來像是遭遇極大的折磨。施虐的那一方故意讓受害者放聲慘叫。

武當首先有動作，來到窗邊查看，Miss S 與阿倪也靠了過來，發現廣場上的騷動。

巨大垃圾車旁有幾名白衣士兵聚集，他們腳邊有幾名被限制行動的年輕人，看起來都是大學生的年紀，雙手都讓束帶反綁在身後，匍匐在地像條軟趴趴的蘿蔔乾。

大學生們的嘴巴倒是沒封起來。在政府失能、警察失控射殺老人的這種狀態，就算怎麼叫喊也沒有用了。噤聲的他們並非明白這點，而是嚇壞了，忘記要呼救。

麒麟掐住其中一名男大生，粗暴地將滿布鏽跡的老虎鉗插進男大生的嘴裡，讓難聽的哀號變成驚恐的嗚嗚呀呀。

老虎鉗夾住門牙。

「嗚、嗚！不要……。」嘴脣被掐到變形的男大生口齒不清地求饒。

獨睜右眼的行刑官看不出在想什麼，或不想什麼。冷酷凶悍的臉孔讓麒麟看上去更加無情。

麒麟握住老虎鉗的那手猛然一抽，帶起滴灑的血珠。

「啊——啊——」男大生劇烈抖動。一顆帶血的門牙夾在老虎鉗上，其他完好的牙齒被血染紅，看起來更黃更髒。

麒麟扔掉斷牙，夾住另一顆還黏在牙齦上的大門牙。

「求你、求求你……。」男大生哀求。

老虎鉗再次牢牢夾緊。

男大生滿是汗粒的臉孔失去血色，幾乎要跟「審判日」的白色作戰服一樣死白。男大生閉起雙眼，全身激烈發抖。

麒麟再拔掉一顆牙，放聲慘叫的男大生被逆流的鮮血嗆到，嘴中嗆出的血液噴到麒麟。

麒麟扔開男大生，嫌髒地甩甩手，把沾到的鮮血與唾液甩掉。男大生瑟縮成團，盡力把臉藏住，害怕又要被拔牙。可以聽見清楚的啜泣聲。

「像小女孩沒用。」一名白衣士兵對男大生吐口水。

Dahlia 同樣在廣場，坐在不遠處看麒麟的拷問秀。她抬起頭，正好跟窗邊的 Miss S 對到眼。她偏頭微笑，對 Miss S 揮手，後者冷淡點頭。

「這些人在幹什麼？」阿倪拉著 Miss S 的衣角問。

「我猜是餘興節目。」Miss S 不感興趣，甚至有些反胃。

Miss S 曾經從事器官交易的買賣，能夠冷酷地不把人當人看，只當是能夠提供器官的苗床，但從不採取無謂的暴力，所有的手段都有要達成的目的。

麒麟現在的作為是純然的洩欲，為了滿足某種病態扭曲的渴求。

麒麟扔掉老虎鉗，改拿鐵鎚，表面同樣布滿紅棕色的鏽跡。沉默寡言的行刑官還沒放過那名男大生，又一次牢牢按住他的臉。

滿臉都是血與鼻涕的男大生有預感死期將至，用盡所有力氣哭喊：「為什麼又是我啊！」

麒麟以砸下的鐵鎚當作回答，裂骨的聲響伴隨失控的鼻血噴發。

男大生的鼻梁斷了。

麒麟再度砸下鐵鎚，對男大生的臉猛敲。好像那張醜臉布滿一堆釘子，等著被鐵鎚釘入。血噴得亂七八糟，染紅廣場的磁磚地。

旁觀的士兵們發出此起彼落的讚嘆，對麒麟的殘暴驚呼連連。

Miss S 感到噁心。血淋淋的腥鏽味好像飄了過來，讓她屏息，不忘提醒阿倪別再看了。幸好阿倪早就蹲在牆邊，摀嘴忍住噁心的嘔吐。

Miss S 跟著蹲下，輕拍阿倪的背。「妳還好嗎？」

「反悔？」武當問。

「如果有一天這些人突然反悔想要殺我，我會不會跟那個大學生一樣被虐殺？」阿倪害怕地問。

Miss S 猶豫幾秒，選擇對武當坦承：「阿倪身上有抗體，是 Dahlia 的獵殺目標。我以加入『審判日』為條件，讓 Dahlia 答應放過阿倪。」

武當望著阿倪看了很久，毫無保留地接受到她散發的恐懼。這名孤獨的掠顱者本來就神情落寞，此時更加黯然。

「我帶她回去休息。」Miss S 扶起阿倪。

「啊……巧克力……。」等到兩人離去，武當想起剛才阿倪推薦他吃巧克力，說是能讓心情比較好。他來不及多拿一點給她。

武當回頭，再次看往窗外。

廣場上的凌虐遊戲仍在繼續。在一次鐵鎚砸落時，男大生的頭顱發出「啵！」的一聲響，膏狀糊爛的腦漿從頭殼的破洞流了出來。

面目全非的男大生無從辨識表情，無法確定對流出腦漿這件事有多驚訝或害怕。

麒麟還把目標轉移到其他大學生身上，瘋狂敲打出飛濺的鮮血與慘叫，帶著戲謔的節奏性。

眾人聽出端倪，開始猜測。

「是《少女的祈禱》！麒麟你真調皮。」Dahlia 哭笑不得，沒想到會敲起垃圾車的音樂。

麒麟反覆敲打大學生們已成爛肉的頭顱，腦漿混著頭骨碎片噴灑。說不上是半死不活還是已經死透，這種慘狀難以辨識。

廣場頓時像是未清理的屠宰場，鮮血橫流腥味四溢，還有失禁的尿液。

在雜亂的敲肉聲中，武當拖著瘸腳走向被凌虐成血人的大學生們，右手成掌迅速拍落。

啵！

一名血人的頭顱應聲裂開，當場斷氣。

啵！啵！啵！啵！啵！

武當雙掌連擊，速度極快，幾名血人眨眼間斃命。

麒麟衝上前，粗魯地揪住武當的領子，讓武當的衣上也沾了血與爛肉。

麒麟的臉孔不斷靠近，堅硬的獸齒面具甚至碰到武當的臉。怒睜的右眼盡顯粗暴露骨的殺意，對武當擅自出手很不滿。

武當沒有掙脫，一副任憑處置的模樣。

麒麟抓住腰間的砍刀，隨即抽出。

武當無視高高舉起的砍刀，一臉疲倦。黏稠的血膏與碎骨片從掌心緩緩滑落。

麒麟無聲逼視。

「先別急。」Dahlia 制止，麒麟停頓幾秒後放下砍刀。

「這些人很想死。」武當說。

「所以？」Dahlia 很感興趣地問。

「我結束他們的痛苦。」武當嘶聲說。這些慘遭凌虐的大學生渴求擺脫痛苦，這股意念太強烈，令旁觀的掠顱者受了影響。

——殺了我。

——救命。救救我。

——好痛。

——好想死。

「你真是貼心。」Dahlia 看不出來是在稱讚或嘲弄，「這也是你的缺陷對不對？掠顱者會被周遭的情緒影響，做出不理智的舉動。」

武當的來歷，Dahlia 已經聽斐先生提過了。接連遭遇武當干擾器官交易，以及峨嵋找上門逼問「淨土」的解藥，讓斐先生很有興致地分享當年與掠顱者的往事。

「你明明那麼厲害，卻不願意替我辦事，只想那麼無聊地整理倉庫。不殺人的掠顱者算不算失敗品？」Dahlia 問。「這好有意思，你知道麒麟是什麼嗎？」

被提及的麒麟有了反應，對武當釋放更加強烈的敵意。身為掠顱者的武當感受到衝著自己來的殺念，有如遭到火焚。

「我發現你的時候，還以為你能跟麒麟成為好搭檔。真可惜，你只想找到人跟你說話。這樣的掠顱者怎麼會算是成功的？」

「我們都是失敗的，要被撲殺。」武當承認。

「是的，我聽父親說過。是他協助掠顱者逃跑，也讓你後來有機會干擾他的生意。不要誤會，我沒有責怪你，因為父親也不生氣。」Dahlia 按下麒麟持刀的那隻手掌，要他把砍刀收回鞘裡。

麒麟順從 Dahlia 的命令，收刀後退開，護在她的身後。

「你，或者該說你們掠顱者其實都跟麒麟有淵源呢。」

「我以前沒見過他。」武當很確定。

「他也沒見過你，這點我相信。」Dahlia 露出揭曉驚喜的燦爛笑容：「麒麟是掠顱者計畫的前身，是最初的試作品。」

「怎麼可能……。」武當傻住，即使是當初得知要被報廢處置也沒這樣訝異。

「你仔細看看，會發現你跟麒麟很相似吧？那些研究員帶上麒麟，成功拉攏父親協助掠顱者計畫。很不幸的是，麒麟的身體素質不如研究員預期，所以跟你們掠顱者落到一樣的命運。」

武當聽懂了。

「雖然我知道掠顱者的存在，但一直沒有親眼見過，直到之前遇到峨嵋，還有讓你加入『審判日』……於是我都明白了。」Dahlia 褒獎地說：「是麒麟贏了，被當成失敗試作品的他或許肉體比不上掠顱者，但我有手段可以彌補。整體來說，麒麟比掠顱者更優秀也更強大。他與你們相似卻不相同，真是太好了。」

「我不明白。」

「麒麟沒有痛覺，也沒有嗅覺、觸覺、味覺，甚至缺乏大部分的情感。這讓他不會被周遭的情緒影響，不會像掠顱者衝動行事，做出多餘的舉動，更不會像你無禮地打斷別人玩樂。」Dahlia 不理解地搖頭：「麒麟這樣才是能夠完美執行任務的成品。那些研究員的判斷錯了。」

「妳跟斐先生一樣，救了麒麟？」

「不，不是我。是父親留下麒麟，讓他成為我的護衛，成為『審判日』最可靠的戰力。」

「妳很信任他，真好。」武當落寞地重複：「真好。」

「我也可以信任你，前提是你願意為我做任何事，不然太浪費掠顱者的本領了。」

武當垂下頭。「不知道，我好疲倦。如果妳不喜歡，可以消滅我。那本來就是我的結局，只要最後對我說話都好。」

「太卑微了。」Dahlia 抿著嘴，無法諒解，口氣像要驅趕失去興趣的犬隻，「回去你的倉庫吧。勉強你真沒意思。」

武當拖著瘸腿離開，掌心積累的黏血已然發涼。

「真可惜。算了，至少把一個掠顱者留在身邊，沒讓他被別人使用。啊，我這邊好像托兒所呢。」

Dahlia 搖頭，望著消失在樓梯口的武當。

麒麟開始善後，拖行頭顱破裂、渾身是血的大學生屍體，一一扔進改裝垃圾車。

「當初你要改裝垃圾車時我還反對，沒想到這麼方便。清理屍體真好用。」Dahlia 說。

麒麟按下垃圾車的開關，讓匣門把屍體吞進垃圾箱，像果汁機般擠出血水，從匣門下滲流而出。

「看，人就像垃圾一樣。」麒麟說。

「我不完全同意，是你的恨意產生的偏見。」Dahlia 像在叮嚀小孩似的：「玩夠了要把這裡整理好，別讓人踩到血滑倒。」

麒麟聳肩，表示知道了。

十四　王蛇之二

在「淨土」發生大規模感染，各地接連淪陷之後，城市再也難以見到在街道大量聚集的人潮，倖存的人盡量躲在能夠提供遮蔽、隱匿行蹤的建築物之內。

偏偏，總是要有例外。

天橋上，一個撐著黑傘的人影獨自佇立。

雜訊般的混亂雨絲不斷墜落，打在傘上、打在天橋上、打在曾經是鬧區的這條馬路上。成排紅綠燈黯淡無光，不再閃爍。

過去這裡遍足人跡，現在依然充滿了人。在天橋下，群聚的人們一個個站得僵直，若不是還有呼吸起伏，看上去都像逼真的人形傀儡。

這些傀儡無聲淋雨，沒有對焦的瞳孔陰森發直，望著誰也看不見的一點虛無。

哐噹！黑傘下飛出一支酒瓶，落在傀儡中碎開，濺出烈酒氣味。

傀儡們仍然一動不動。

黑傘下的王蛇再抄起酒瓶，看準一個傀儡的頭丟擲過去。飛旋的酒瓶精準命中，在傀儡的額頭碎開，流出血與酒。

傀儡應聲倒地。

隨後傀儡緩慢爬起，回復原先罰站的模樣。額頭的傷口插著幾塊玻璃碎片，鮮血流了滿臉。

這樣的反應讓王蛇嫌無聊，繼續拿酒豪飲。他的腳邊擱著大賣場的購物袋，塞滿瓶瓶罐罐的酒。

王蛇挑中一支酒精濃度高達百分之九十的苦艾酒，轉開瓶蓋便有強烈的酒味撲來。

他喝了一大口，然後又一大口、再一大口……像喝礦泉水般輕鬆寫意，眨眼間喝下半瓶。

醉酒的暈眩與反胃僅僅維持幾秒，隨即消退。王蛇喝完餘下的分量。空酒瓶被他甩了出去，在空中畫了個弧後摔地粉碎。

王蛇瞥了一眼大賣場購物袋，沒有任何一支酒的濃度比剛剛的苦艾酒更高了。空虛……太空虛了！他確信自己本來並非千杯不醉的體質，至少不可能把苦艾酒當水喝還完全沒事。

都是「變種淨土」搞的鬼，王蛇更加惱怒，這個病毒讓他失去爛醉的機會。

天橋下數以百計的傀儡同樣是「變種淨土」的傑作。

隨著王蛇這個超級感染者持續移動，故意與人接觸，傀儡的數量不斷增加，現在多到足以填滿半條馬路。

有些人原本是感染「淨土」，但在與王蛇接觸後被「變種淨土」影響而成為傀儡。

「我體內的病毒到底變成什麼樣子？這些症狀跟那個姓斐的瘋子說的完全不一樣。」王蛇知道事態越來越不對勁。

王蛇體內的「淨土」所產生的變異是獨一無二的。

正如斐先生強調的：「淨土」擁有無限的可能性。

王蛇展現出其中一種可能，霸道蠻橫，足以吞噬一般的「淨土」，強制讓宿主變成傀儡。

這些傀儡甚至有護主性，會主動保護王蛇這個「變種淨土」的源頭，更與他意念相通。

這讓王蛇等於擁有一支軍隊，還能不斷擴張數量。

喝不醉的王蛇暫時放棄酒精，再次拿出手機，試著撥號幾次，終於成功撥出。

「到底接不接？還是早就死了？」王蛇喃喃自語，直到聽見響鈴中斷，一種豁然開朗的開闊聲音從話筒闖入。

王蛇問：「還聽得出我的聲音吧？」

另一頭沉默，但沒有中斷通話。

「我知道你在聽。看在這麼巧能夠接通的份上，我直接講重點。要你幫個忙，當成是你過去背叛的賠償怎麼樣？應該很划算吧。這陣子你躲到哪裡去了，是懷抱罪惡感過活，還是嚇得半死不敢露面？」

另一頭的聲音異常嘶啞，飽含疲憊：「你到底想怎麼樣？」

「幫我找一個叫倚天的瘋子，很高很瘦，應該很好認。會一直吵他的劍在哪。」

「為什麼要幫你？」那嘶啞的聲音問。

王蛇沒立即回答，從口袋取出一根鐵籤。

這個金屬製品是那麼冰冷，放在手裡發涼。王蛇將鐵籤慢慢刺進掌心，鮮紅的血液跟著滲出，染紅鐵籤一端。

王蛇閉眼感受疼痛，低聲說了些話，手機另一頭跟著沉默。

傀儡們突然騷動，接連進入警戒模式，紛紛面向馬路一側。

在灰色的雨幕裡，一隊身著全套防護衣的人影正在接近。

防護衣的透明面罩下有張嚴峻的臉孔，是松雀，與他同行的當然是崆峒與永生樹的僱傭兵。

「就你一個上來。掠顱者還有其他雜魚都給我在下面待著。」王蛇喝斥，看也沒看松雀，迅速對手機說：「幫我。」然後便結束通話，面對這名連日追蹤自己的管理者。

松雀對崆峒點頭，讓她守在一旁，獨自走上天橋。其他僱傭兵同樣守在天橋下。

王蛇意念一動，傀儡沒有採取動作，全都乖乖罰站。

「知道要穿防護衣了？你派來的小嘍囉來不及穿太可惜了。不要怪我，我也嫌這些傀儡礙眼。但是永生樹的僱傭兵急著送死，我也拿他們沒辦法。」

松雀視線掃過天橋下，先前派出進行偵搜的僱傭兵已經變成傀儡，當下對王蛇再多出幾分忌憚。

「大名鼎鼎的松雀有何貴幹？我的獵殺命令還沒解除嗎，地球都要爆炸了還顧著殺我？」

「我負責尋找抗體。」沒理會王蛇的嘲諷。松雀知道此行的目的，不會作無謂的爭論。

「那你找錯人了。」王蛇藏起鐵籤，謹慎地收好。

——掌心的傷口已然癒合。

王蛇繼續說：「我這邊沒有你要的，只有橋下這些鬼東西。」

松雀當然看到了。這樣的陣仗讓原本就屬於危險人物的王蛇升級成另一種危害。「你是超級感染者，也是抗體。知道斐先生吧？他檢測了你的血液。」

「你說那個姓斐的？那個瘋子出十萬元買我的一管血。你要守護抗體？想當拯救世界的英雄？真有興致喔。」

松雀冷淡表示：「我仍然貫徹永生樹管理者的職責，保持絕對的中立。只負責完成委託。」

「不要把什麼管理者放在嘴邊，不是什麼了不起的東西。」王蛇輕蔑地笑了起來，「我的獵殺命令是你提議的，我他媽不知道哪裡惹到你，讓你這麼想殺死我？你提出獵殺命令就算了，漏洞還一堆，幹他媽的，每次想到要把來殺我的僱傭兵都宰掉就嫌麻煩。」

「我會取消獵殺命令。」松雀說。

「不必了。接近我的都會自動變成那種白痴。」王蛇指著傀儡，示威般地說：「希望你的防護衣效果夠好。我想看你變成這種樣子會有多好笑。」

「防護衣不會有問題。身為抗體的你遲早會成為眾矢之的，要應付永生樹以外的危險。」

「你想怎麼樣？」

「與我合作。讓永生樹負責你的人身安全。」

「喔，沒想到你滿幽默的喔。這個笑話不錯。」王蛇眼神很冷，有著視生命如草芥的不屑。「永生樹的僱傭兵根本不夠我殺，為什麼要讓這種隨我宰殺的團隊來保護我的安全？」

王蛇頓了頓，現在松雀的不請自來倒是給了他一個主意。

「你的委託人要求守護抗體，我猜只有一種原因。」王蛇終於看著松雀，這是兩人展開對話以來的頭一遭。

「你猜的沒錯。」

「這代表我的血很有價值。內含抗體還有『變種淨土』。當初用十萬塊賣掉真是太便宜了。虧了一大筆啊。來作交易吧，我可以把這麼珍貴的血液給你。」

「你要什麼？」松雀沒想到王蛇如此乾脆。

王蛇的臉色陰沉起來。「我要你幫我找個人。」

「誰？」

「一個抱著木棍的神經病，名字叫倚天。我要活的。到時候要多少血都給你，隨便你拿。」

松雀答應得乾脆。在天橋下守著的崆峒倒是聽得仔細，聽見這副特徵與倚天的名字時，防護衣下的表情變得複雜。

「為了確保血液，我必須保護你的人身安全。」松雀強調。

「你是真的沒看到還是怎麼了？這麼一大群的傀儡夠當肉盾了。看要擋子彈還是擋什麼都可以，說不定連火箭炮也能扛下。」

「我在乎的是能不能完美達成委託。你的死活不重要，自願交出血液是好交易。委託人會同意的。這是我跟你合作的關鍵。」松雀聲明：「我會派人盯著你。你不會發現他們的存在。」

「你居然有這種偷窺興趣，原來是癡漢啊？」

「等我聯絡。」松雀走下天橋，帶著崆峒離開。

要掌握王蛇的位置竟比預期中容易，這是松雀起初沒想到的。

多虧這些成群聚集的傀儡，讓王蛇移動時異常醒目，也讓松雀忌憚，不明白「淨土」在王蛇體內究竟產生什麼變化？能讓好好的人類在感染後變成這副活死人的狀態。

與松雀攜手合作的屠立委不久前傳來消息，說是安排的臥底已經掌握了另一個抗體的下落，這令松雀更有把握，雙管齊下一次湊足兩個抗體，達成美國派來的委託，絕對能再提昇永生樹的地位。

等到兩人的身影走遠，王蛇拾起酒瓶，往被感染的傀儡砸去。酒瓶命中傀儡的頭顱，落地碎開。那名傀儡身體晃動，頭往旁一歪，又慢慢轉正。木然的表情不曾改變，更沒顯露痛覺。

「無聊啊。倒下不是很好嗎？」王蛇啐罵。

十五　倚天之二

幾臺黑色汽車行駛在靜謐的郊區。

這樣的陣仗顯然是在護衛居中的車輛。此時此刻，屠立委與倚天就坐在那臺車的後座。司機已經換了人，先前負責開車的閻山組死在倚天的劍指之下。目前閻山組仍然為屠立委所用，找來替換的駕駛同樣是黑幫中人。

前方開路的領頭車裡，除了閻山組之外，還有長期跟隨屠立委的隨扈，忠心程度無話可說。至於殿後的那幾臺車，則是屠立委與松雀合作從永生樹聘來的僱傭兵。在這樣混亂的局面，這些專業的狠角色相當可靠。

屠立委沒有因為受到保護而鬆懈，同樣帶槍在身。無須佩槍的倚天則是例外，掠顱者始終是不能用常理判斷的存在。

與屠立委的淡然自若相比，倚天像興奮出遊的孩子，臉貼在車窗望著外頭景象，眼睛睜得大大的，好像所見的一切都是如此新奇。

倚天這副模樣讓屠立委不免莞爾，也感到神奇。這樣強大的殺戮武器竟然有如此天真的一面。屠立委還不知道，有了他幫忙找劍的承諾，讓倚天因此心安，進入「固錨」狀態——那是掠顱者安定的象徵，意指精神狀態趨於穩定。

屠立委亦不知曉，倚天打從被製造出來便時時刻刻尋覓他的劍。

當初實驗室的研究員為了安撫，拿了一根木棍隨便打發倚天，讓他總是要拿棍狀物在懷中，充當那把失落未得的劍，與有些人習慣抱著幼時的舊毯子的癖好相似。

在世界動盪之際，四處流浪濫殺的倚天遇見屠立委，也是有生以來頭一遭，有人承諾要為他尋劍。

屠立委冷靜盤算，有了倚天的加入，讓團隊的戰力更加提昇。現階段他的目標是掌握抗體，完成美國提出的要求。加上有抗體在手，更加不必擔心年老後淪為感染者宰殺的對象。

為了尋找抗體的下落，屠立委作了許多安排。

「呀？這裡是什麼地方？」倚天突然問。

車隊在一棟宅邸外停下。高牆與堅固的大門提供良好的隱密性與防衛，阻擋從外窺探的目光，只能見到部分建築。

這是屠立委的據點之一，是他祖父的故宅。

「隨我來。」屠立委對倚天說，率先推開車門。

搭乘其他車輛的隨扈們跟著下車，尾隨在屠立委與倚天之後，依序進入宅邸。

幾名隨扈打量倚天，對這個不甚熟悉的高瘦男人有幾分懷疑與輕視，因為他們還未親眼見識倚天殺人，不明白手段有多凶殘，取人性命又是多麼毫無懸念。

這是他們的幸運。

當初與屠立委一同遭遇倚天的助理，全程目睹原先的閻山組司機被殺害，至今仍不敢與掠顱者坐入同一臺車。

屠立委特意隱瞞這件事，並且要求助理保密，不讓人知道是倚天下的手。這不代表他輕視糟蹋隨扈的性命。

屠立委將這些人都看成是重要的家臣，要替他的掌權之路赴湯蹈火，在奪得大位後一起喝酒吃肉，共享野心結成的甜美果實。

初遇倚天所發生的意外只能說是不幸，屠立委為死去的司機感到惋惜。

屠立委領著倚天進入宅邸，穿越院子。

庭院有段時間沒打理，四處冒出矮小的雜草，原本整齊的草坪變得高低不一。高牆周圍有羅漢松與印度紫檀，枝葉間藏著啼叫的鳥兒。

漂著綠色浮萍的池子裡，幾尾彩色錦鯉悠哉游動，世界的動盪與牠們無關。

倚天好奇地蹲下，拔了一把雜草湊在鼻子前猛嗅。

「來吧。」屠立委哄小孩般呼喚，踩著鋪石小徑往院子後方走。倚天匆匆扔掉雜草跟上。

有間方正小屋座落在宅邸後方。安靜、不引人注意。沒有窗，有的僅僅是一扇門。

屠立委解開小屋的門鎖。「你在這裡看到的一切，都是屬於我祖父的。包括小屋裡的東西。」

屠立委推開門，射入的日光照亮牆面的展示物。

倚天從屠立委身後探頭，看清楚屋裡的東西，嘴巴驚訝地大大張開。

牆面掛滿許多刀劍，種類眾多且保養良好。在陽光的照耀下，這些刀劍彷彿有了生命，開始呼吸，慫恿倚天快快將它們拿起。

看傻的倚天回神，擠過屠立委身邊，快步走入小屋。

倚天拿起離門邊最近的一把長劍，迅速從劍鞘中抽出。光滑的劍身反射耀眼的日光。

「這是我祖父的收藏品。看看有沒有你的劍，或你中意的。」屠立委大方分享。

倚天咧嘴笑，表情不帶一絲邪念，是那樣無雜質的天真。他將劍拿在手中把玩，迅速揮動幾下。銳利的切風聲咻咻作響，聲勢嚇人。

這僅僅是因為掠顱者強悍的體能使然，即使屠立委對劍術相當外行，也看出倚天揮劍時的不對勁。毫無架式可言。與其說是揮劍，更像小孩子拿棍棒玩耍。

「鏘——」倚天試圖把劍插回劍鞘，結果方向大偏，劍尖從鞘口錯開，插進地上。

屠立委安撫倚天。掠顱者隨即棄劍，不斷嚷著：「不對、不對，不是這把！」

倚天慌亂起來，再從牆上抓過一把斬馬刀。這次還沒出鞘，整把刀無辜地被摔在地上。

「不是、不是！不是我的劍。」

一把接一把，倚天瘋狂試劍：環首刀、清朝劍、柳葉刀、七星劍、青銅劍……表情從原本的天真期待，變得眼紅猙獰，更把嘴脣咬出血。

倚天怒睜的眼珠掃過牆面僅存的幾把劍，身影閃動，迅速撲前取劍。

屠立委無從阻止，眼睜睜看著珍貴的收藏被當垃圾扔地。他也不惱火，這些收藏雖然具有價值，但比不上倚天。

屠立委無法確認倚天從何而來，但他有豐富的想像力，能夠接受這樣超出常理的存在，就像迅速明白「淨土」能帶來的利害轉變。

終於，倚天試到最後一把劍。

在滿地或斜插或亂扔的劍堆中，倚天將這把劍拿在手中端詳許久。劍身有掠顱者臉孔的倒影。

倚天安靜凝視。

他會中意這把嗎？屠立委猜測。

同一時間倚天伸出手，食指與中指夾住劍身。隨著手腕轉動，劍應聲斷折。

斷成兩截的劍被扔下，與滿地劍堆作伴。

倚天抓亂頭髮，就差沒把頭皮扯下，滴滴答答的眼淚灑在被折斷的劍刃上。

「劍呀？我的劍、我的劍、劍……給我、我要我的劍！」

因為預先的高度期待，落空後帶來的反差讓倚天有這樣劇烈的反應。更因為掠顱者不穩定的特質，將這種失落感一再放大。

本來安定的倚天瞬間墮入絕望深淵，整個人瘋狂喘氣，雙手緊捂青筋暴漲的脖子，看起來像要掐死自己。突出的眼珠彷彿要彈出眼窩。

屠立委不斷勸阻：「把呼吸放慢。手鬆開。」說著邊拉倚天手臂。偏偏掠顱者抓得死緊，無論如何拉扯都無法使他鬆手。

「糟了。」屠立委立刻呼喚，待命的隨扈們迅速擠到小屋門口，試圖阻止倚天。

孔武壯碩的隨扈拉扯著倚天手臂，發勁使力的臉孔漲紅、不斷冒汗，但倚天雙手彷彿牢牢焊住，不被移動分毫。

幾名僱傭兵冷靜判斷狀況，其中兩人上前，分別箝制倚天手臂，另外一人趁隙上前，手拿某樣東西，快速往倚天頸部刺去。

倚天雙眼忽然渙散，變得半睜半閉。雙腿失去力氣跪倒，手臂軟趴趴地垂下不動。

「你對他做了什麼？」屠立委訝異倚天居然能被輕易制住。

「施打了藥劑。副作用不大，不過他要昏迷一陣子了。」這名僱傭兵話才說完，倚天已經無聲站起，困惑地左右張望，不明白怎麼忽然多出這麼多人？

這名僱傭兵瞬間要比倚天更加困惑：「怎麼會？不可能這麼快醒來！」其他知曉這個藥效有多強的僱傭兵們也都詫異，忍不住打量倚天。

倚天不理解地眨眼。「什麼藥效？地上怎麼這麼多劍！是誰？誰把劍折斷……這麼多、這麼多……我找不到我的劍，是誰這麼浪費？太浪費了。劍、都是劍……我要我的劍……。」

「你什麼都不記得了？」屠立委問。

「記得什麼？」倚天反問。表情不是說謊，而是真的不知情。「你是不是說要幫我找我的劍？」

屠立委察覺倚天的異狀，決定先不深究，而是順著繼續問：「你還記得你的劍長什麼樣子嗎？」

「什麼樣子？」

「之前問過你，你說要再想想。現在有沒有印象？任何線索都可以。」

「印象？線索？」倚天呆呆地說：「劍的樣子就是……長得是我的劍。」

除了鎮定的屠立委，現場多數人都對倚天憨直的回應感到莫名其妙。有人更是差點笑出聲，迅速轉頭忍笑。

作為掠顱者，倚天無從選擇地捕捉到周圍所有人的情緒變化。有質疑與好奇、有不屑與輕鄙，全都成為精神上的負擔。

倚天的表情變了。

「其他人先離開。」屠立委命令。

隨著小屋內再次清靜，倚天和緩下來。

倚天拾起斷劍，眼裡有哀傷的淚光。「好難過，是劍啊，怎麼可以折斷。好好啊，都有劍。我也要我的劍。」

「倚天，我有問題要問你。」屠立委嚴肅地說。

「問、給你問。可以找出我的劍都給你問！」

「你認定的那把劍真的存在嗎？」

倚天愣住。

預先知道答案的屠立委並不驚訝。

掠顱者答不出來。

深夜。

屠立委率領手下來到一處停機坪，倚天失魂落魄地同行——掠顱者突然不再問他的劍在何處，傻傻握著一截斷劍。

這座停機坪是永生樹的專屬設施。

夜晚風大，來回吹動屠立委與手下們的衣服。

屠立委抬頭望向夜空。在供電不穩的情況下，都市光害大幅減少，不再是汙濁霧濛的噁心紫色，而是深沉的，連雲都澈底融入不見輪廓的漆黑。

屠立委接著看往某個方向。停機坪的燈光號誌來回閃爍。

天上有朦朧黑影逐漸往停機坪靠近，夜色提供絕佳的掩蔽。

是一架隱形運輸機。

在政府與軍隊都失能的狀況下，這架軍用飛機得以毫無忌憚地從外界入侵，大方穿越領空，在屠立委的引導下抵達這座停機坪。

在呼嘯的氣流之中，隱形運輸機安穩降落。

屠立委昂首而立，迎接重要訪客。這是美國特地派來的戰力，在委託期間要與屠立委密切合作。

隱形運輸機的機艙門開啟。

一隊全副武裝的士兵踏出艙門，個個氣勢內斂，全都是毋庸置疑的狠角色。

為首的隊長來到松雀面前，主動伸出手。那雙藍色的眼睛裡有驕傲與自由的靈魂。

屠立委好整以暇地回握。被龐大野心所驅使的他，擁有不輸給對方的驕傲。

十六　Miss S之四

這天入夜之後，Miss S 收到邀請，「審判日」的指揮官想與她來場會議。

Miss S 早有準備，對於 Dahlia 先前提出的要求已經想出一套計畫。目前看起來，這名指揮官比她以為的更加積極也更有野心。

「是不是要拿那套白色的衣服給妳了？妳也會穿成他們那個樣子。想到就好奇怪喔。」阿倪說。

「妳不要幸災樂禍，我會叫 Dahlia 也弄一套給妳。」

「我才不想穿那種東西！可是她找妳要做什麼？要妳幫忙製造另一種『淨土』嗎，或是比『淨土』還厲害的病毒？」

「總之沒有好事吧，反正一定是要我加入讓這世界更加混亂的計畫。」Miss S 沒有被罪惡感困擾，這絲毫不能引起她的愧疚。

在 Miss S 的價值觀之中，現在多餘的憐憫與同情毫無益處，能與阿倪一起活下去最重要。

「那我去找倉庫大叔。」

「又去找他？」

「他看起來很可憐啊。陪他說說話好了。」

「這倒是。」Miss S 同意。

兩人離開目前的居所，來到樓梯口，阿倪需要上樓去倉庫，Miss S 則要向下走。分別前 Miss S 問：

「死小孩，需要陪妳去嗎？」

「不用吧，這幾天待在這都很安全。大姊姊妳要努力一點，讓 Dahlia 姊姊覺得妳很有價值，這樣她就不會想對我怎麼樣了。」

阿倪一副語重心長的模樣，明明是十三歲的孩子，卻裝成長輩在叮嚀 Miss S。

「是是是，多謝妳的囑咐，我會努力表現，絕對不讓妳失望。」Miss S 倒也配合，口氣裡有裝出的不耐煩。

Miss S 說完，與阿倪接連笑了出來。她們都明白這樣的鬥嘴是苦中作樂，在無奈受制於人的困境下勉強找點歡笑。

「那我去會議室了，死小孩，妳就待在倉庫吧，我結束後再找妳。在這個據點裡，妳待在武當身邊反而最讓我放心。」

「我知道倉庫大叔陰沉起來很可怕，好像還會讀心，但是他真的有那麼恐怖嗎？」阿倪問。

「有。很恐怖。」Miss S 沒說的是武當也讓人同情。

早在當初 Miss S 還為斐先生工作時，受雇於他人的武當便主動放過阿倪，後來甚至聽出 Miss S 在等人，而留她活口。

這讓 Miss S 對於武當有非常難以言喻的複雜感受，甚至產生信任。

「那我叫倉庫大叔多吃點巧克力，希望他不要再扮成遊民了。」阿倪揮揮手，輕快踏上樓梯。

Miss S 目送她上樓，才往會議室走去。

就在兩人分別之後，一個白色士兵從轉角竄出，迅速奔上樓梯，追近阿倪。

阿倪才剛聽到些微的腳步聲，在回頭的瞬間突然頸部一陣刺癢，視野立刻天旋地轉，叩的一聲雙膝跪地，整個人軟軟癱倒。

阿倪恍恍惚惚地試著睜開眼睛。

在視線完全轉黑之前，她看到一個陌生女人的臉孔，以及深深漾出的酒窩。

「真是機警。還好我動作更快。」甜馳把手上的藥劑藏回口袋。

甜馳所使用的是永生樹僱傭兵慣用的麻醉藥，可以快速使人昏迷，藥效能持續相當長一段時間。

應該是屠立委貼身助理的甜馳，現在卻穿著「審判日」的白色作戰服。

藉著與松雀的合作關係，屠立委收穫了情報，從松雀那邊得知與斐先生親近的 Dahlia 成立組織。

基於對斐先生的好奇與提防，屠立委要求甜馳扮作臥底，潛入「審判日」。

別說是甜馳，就連屠立委也無法料想到，這次的臥底會帶來如此巨大的收穫，竟然發現擁有抗體的阿倪。

為了盜走阿倪，甜馳已經連續監視幾日，終於等到她落單。

確認附近無人，甜馳拿出預藏的小型無線電，按下通話鈕低聲說：「甜馳呼叫總部、甜馳呼叫總部。順利捕捉抗體，請前來會合回收。」

小型無線電另一頭發出沙沙聲，傳來回覆：「收到。甜馳回收後結束任務，回歸總部。」

「收到。」甜馳收起小型無線電，卻沒有立刻帶走阿倪，而是取出一個針筒，與剛才使用的麻醉藥顯然不同，針頭略粗。

甜馳掀起阿倪的頭髮，將針筒往她的後頸插入。隨著推動針筒，一個微型的塊狀物隨著筒內的透明液體注入阿倪體內。

「送妳一點小禮物。」甜鼬低聲說，隨即背起阿倪。

甜鼬來到預先準備好的運輸箱與推車旁，把阿倪藏進運輸箱裡，假裝在搬運物資。

甜鼬事先掌握「審判日」戰士們固定的監視位置以及巡邏路線，巧妙地避開，來到外頭再摸黑將阿倪運到據點外圍。礙於主要出入口都有人看守，甜鼬選擇從其他地方離開。

夜裡的據點並不安靜，有夏季的蟲鳴，但還不夠掩蓋腳步聲。甜鼬格外小心，最終來到一處牆邊。這是她事先挑選的位置。

甜鼬打開運輸箱，昏迷的阿倪動也不動。

甜鼬使用綁帶把阿倪跟自己仔細纏綁在一起，然後掏出鉤索，往牆上一拋。她拉了幾下，確認鉤子穩固勾住牆頂後，開始攀爬。

攀上牆頂的甜鼬沒有鬆懈，盡量壓低身體，隨即爬下圍牆，成功把阿倪運送到據點之外。

據點外一片漆黑。今晚月光黯淡，被厚雲遮掩，路燈更是全部熄滅。這對進行竊盜行動的甜鼬是絕對的好事。

甜鼬以零星的停放車輛當掩護，終於抵達位在據點附近的會合地點。因為她沒把握獨自背著阿倪移動太遠，因此希望減少移動距離，就近安排會合處。

黑暗中有人影。

甜鼬警覺停下，低聲說出暗號。

對方還以對應的答案。出現的是倚天與成群閻山組的組合，並夾帶幾名永生樹的僱傭兵。這些人大多與甜䖶是舊識，見到彼此平安無事，都是會心一笑。

「你是新面孔吧？歡迎加入，就交給你了。」甜䖶解開綁帶，把昏迷的阿倪卸下，交給倚天。「稍微蹲低行不行？你太高了。」

阿倪沒聽到甜䖶的抱怨，不省人事的她是幸運的，也是不幸的。幸運之處在於昏迷的此刻不會感到懼怕，不幸的則是將來的命運多舛，她無從抗衡。

被當成貨物轉交的阿倪就這麼被遞給了掠顱者。

倚天要接過阿倪的瞬間，詭異的風聲劃開空氣。

倚天停住，一股電流般的直覺刺激過來，他立即跳開，隨後吃痛停住，大腿多出冒血的彈孔。

接著察覺有異的是甜䖶，隨即厲聲警告：「有狀況！」

又是風聲。

甜䖶兩眼發直，雙臂陡然垂落，阿倪因此被扔下。

甜䖶好像還想伸手抓住阿倪，完成被交付的任務，可是最後什麼都做不到，只有頭一歪，像脫線木偶般倒地。

猩紅色的液體從甜䖶頭顱一側汩汩湧出。

「有埋伏！」

「去看甜䖶的狀況！還有沒有救？」

「是狙擊！小心狙擊！」

現場的閻山組跟永生樹僱傭兵迅速進入備戰狀態，接連尋找掩蔽。其中一人粗魯拖行阿倪，把她扔在安全死角。

暗藏在「審判日」據點的狙擊手發現偷偷潛入的闍山組與永生樹，不僅開槍射殺甜鼬，還立刻發出警報。

「抗體被盜走了！」狙擊手回報。

「審判日」據點警報聲強烈作響，白色戰士立刻集結。

隨著鐵柵門敞開，成群烙有紅色大理花圖騰的白衣衝出據點。

位在會議室的 Dahlia 收到通報，在場的 Miss S 也聽見了。

傳來的槍響更讓兩人湊近窗口，可以清楚看見據點外有開槍的火光，還傳來倉皇的吆喝。

「馬上把阿倪救回來！」Miss S 第一時間大吼，要求 Dahlia 有所動作。

「這是當然的，我不會放任抗體落入別人手裡。」Dahlia 拿起無線電，對所有白色士兵喊話：「殺死入侵者，奪回抗體。」

有了 Dahlia 的親自下令還不夠，Miss S 解除手槍保險，大步走往會議室出口。

「妳要做什麼？」Dahlia 問。

「當然是救回阿倪。」

「妳不是說過指揮官上前線很危險嗎？妳也是適合在幕後用腦袋指揮的人，親自站上火線不適合妳。」

「現在情況不一樣。」Miss S 衝出會議室。

「真是著急。」Dahlia 不驚不慌，抗體被奪走依然鎮定。她知道焦慮是多餘的，能解決問題的只有手段與對策。

同樣在會議室的還有麒麟。

他一直都在，始終佇立在旁，像一尊不會動不會笑的雕塑。身為掠顱者的前置試作品，他喪失多數情感，比如恐懼與焦慮，也無法感受到疼痛。

麒麟對於抗體被盜走沒有反應。也沒有遵從 Dahlia 透過無線電下的命令有所行動。那不是針對他的指揮，只適用其他「審判日」的戰士。

麒麟是獨一無二的。

「我該把這些小偷交給你嗎？」Dahlia 來到他的身邊問，雙手抱在胸前，這詢問帶有挑戰與挑釁的味道存在。

麒麟雙眼不帶情感，瞥向據點外的交戰處，陸續傳來中彈的慘叫。Dahlia 同樣看去，眼裡映入同樣的槍火閃爍。

作為與麒麟最親近的人類，Dahlia 明白他的一切，包括僅存的幾樣情感。其中之一是憤怒，對當初那些研究員的憤怒、對後續製造出來的掠顱者的憤怒、對脆弱人類的憤怒、對整個世界的憤怒……

「幫我殺死這些人。用他們的屍體當柴薪，拿他們的慘叫當火種，讓全世界都燒成灰燼。好不好？」Dahlia 問，那頭豔紅的髮色有如烈焰，能灼燙人的雙眼。

她最明白不過了，麒麟冷漠如死人的外表下，有一顆燃燒著憎恨之火，散發無窮憤怒的心。

因此無須麒麟回答，她便明白他的心意。

「去吧，開始你的玩樂。」Dahlia 命令。

麒麟按住腰間砍刀的刀柄，一腳踏上窗框，隨即高高躍下加入戰場。他從不拒絕 Dahlia 的要求。

Dahlia 再次拿起無線電，向「審判日」全體發布命令：「殲滅入侵者，必要時連抗體一起殺死。」

Miss S 聽到 Dahlia 透過無線電傳達的命令，又慌又急的她在狂奔中一腳踩空，從樓梯重重摔下。

Miss S 先是膝蓋撞到樓梯，滾落時再傷了手肘，本來拿在手上的槍也跟著彈開。

最終她撲倒在地，全身上下好幾處劇痛，一度以為骨頭裂了。

披頭散髮的 Miss S 試著爬起，手腕與手肘立刻吃痛，如遭激烈電擊，讓她慘叫出聲，又倒回地上，痛得用額頭用力抵地。

「Dahlia 沒有要放過阿倪……。」

Miss S 狼狽地抬起頭，面前有一個孤寂的背影。武當站在樓梯口的不遠處，打量據點外的騷動。

在這瞬間，Miss S 無法多想，脫口求救。

「武當，幫幫我！」

掠顱者緩緩回頭，疑惑詢問：「幫妳？」

「阿倪、阿倪被抓走了，就在外面，那些開槍的地方！」Miss S 一度無法好好組織語言，慌亂地說明現況：「Dahlia 要殺她！」

「我記得妳那時候的心跳。一直記得。」武當髮隙間的眼睛是那樣頹然，唯一帶有生命力的是語氣中藏不住的羨慕。

「那時候？什麼時候？」

「在酒店裡，昇龍跟降虎、還有妳那個很壯的手下都在。」

Miss S 立刻明白，是指當初在闇山組酒店的恐怖血戰。

——「妳的心跳……有人在等待妳回去……真羨慕。」

當時武當是這樣說的。

「阿倪一直在等妳。」

「我本來想帶她逃到安全的地方好好躲著，可是搞砸了，落到現在這種局面。」Miss S 難掩沮喪：「我會害死她。」

「那是很好的心跳，我很羨慕。」

掠顱者走向 Miss S，一把將她拉起。Miss S 還來不及站穩，已經被武當扛在肩上。

「喂！等等！我可以自己走。」Miss S 困窘大喊。被扛起的她是屁股朝前、頭在後的尷尬姿勢，根本看不到前方動靜，更添慌張。「先把我放下來！」

「妳扭傷了不好走路。不知道阿倪狀況怎麼樣，要搶快才可以。」

武當大步邁開，雖然瘸了一腿，但仗著掠顱者非人類的誇張體能，行進的速度還是極快。

背對前方的 Miss S 就這麼看著四周景物一再退後，幾次眨眼便竄出好長一段距離。儘管有找到終於可信任的援手的喜悅，羞恥卻更是加倍。

那個高傲冷酷的自己到底消失到哪裡去了？沒人、幸好沒人看到……Miss S 臉色慘白。

心死的 Miss S 閉上眼，不斷說服自己一切都是為了盡快救出阿倪的必要犧牲。

十七　審判日

「審判日」的戰士們全部加入戰局。

對「審判日」而言，眼前所見全是敵人。不管是閻山組或是永生樹的傭兵，全是不必留活口的攻擊目標，甚至連抗體都能夠殺死，因此肆無忌憚開火。

「審判日」更是仗著鄰近據點的地利優勢，攜帶的火力遠勝閻山組與傭兵的聯軍，配合在據點埋伏的狙擊手，讓後者遭到嚴密壓制，只能不斷尋求掩蔽，趁隙還擊。

現場槍響不斷，發燙的彈殼鏘鏘落地，危險的流彈四處噴飛。

一名壯碩的傭兵肩扛火箭炮，抓住機會對聚集的「審判日」戰士射擊，炸起地面無數碎屑，分不清楚是磚屑還是肉渣的碎塊滿天墜落。

火箭炮的震撼力短暫制止「審判日」的猛攻，讓他們抱頭躲避，濃煙散去後慢慢顯現遍地殘肢。

「幫忙裝彈！」扛火箭炮的傭兵大喊，負責支援的同伴立刻重新裝填。

「這發火箭炮射完掩護我，要把抗體送出去。」一名傭兵拉起昏迷的阿倪，把她扛在肩上。

火箭炮再次發射，趁著爆破的煙霧能混淆「審判日」這方的視線，幾名傭兵迅速竄出，在混亂的場面中護送阿倪。

試圖突圍的傭兵遭遇狙擊手的遠距離射殺，幾人濺血倒地，其他人立刻退回原處尋求掩蔽。

雙方激烈駁火，不時有人倒下。「審判日」的戰士拋出炸彈，幾名躲在車後的閻山組來不及閃避，捲入爆炸範圍。

屍塊飛濺、現場煙硝瀰漫，燃起更多災難的火焰，卻也提供了照明，讓閻山組的黑衣以及傭兵暴露了位置。

倚天抱頭躲在一輛小客車後，腿上的槍傷仍在流血。他的臉上爬滿眼淚，咿咿呀呀地哭泣。煙硝與槍響、火光與爆炸、慘叫與哀號，還有無數混雜的情緒……這些一再刺激倚天，他從未受過這樣密集頻繁的刺激，也沒有遇過這樣嚴重的傷勢。雖然僅是大腿負傷，也不至於喪命，但已經足夠令他膽怯驚慌。

「好恐怖、好痛。我要我的劍、我要我的劍……。」

倚天的哭喊被混亂的現場掩蓋。

隨後響起的音樂聲則讓現場更加混亂。伴隨著輕快旋轉的黃光，巨大垃圾車浩浩蕩蕩現身。「審判日」這方勇氣倍增，發出狂野的叫囂。

巨大垃圾車的防彈外殼無視槍擊，就地開輾，幾名閻山組被捲進車底，絞出噴濺的鮮血。必備的處刑曲《少女的祈禱》是那麼悠揚美妙，為即將盛大發生的血淋淋狂歡拉開序幕。

巨大垃圾車彷彿恐怖的洪水猛獸，狂暴輾過閻山組與傭傭兵。

遭輾的人像一張張骨牌無助倒下，其他僥倖無事的閻山組與傭傭兵採取動作，開始攀上垃圾車。

一名閻山組猛力搥打車窗，試圖攻擊駕駛座。

麒麟降下車窗。砍刀橫掃，那名閻山組摀著噴血的喉嚨摔下垃圾車。

「審判日」有幾名戰士跟著攀爬，把閻山組拽下車。在爬上垃圾車頂之後，居高臨下開槍掃射。

「審判日」藉著巨大垃圾車殺出一條血路，逼近護著抗體的閻山組與傭傭兵。

「撐不住了。交出抗體投降？」

一名戰意渙散的傭傭兵詢問同伴意見。目前為止拚死保護抗體，讓抗體安全無傷，但也賠上幾條傭兵與閻山組的性命。

這些傭兵開始害怕自己會是下一個送死的。

「這些鬼東西不可能買帳。看見那臺垃圾車沒有？對面一定是瘋子，不要妄想跟他們交易！」

「呼叫的增援來了沒有？那個倚天呢，跑去哪了！」

這支被困住的聯軍幾乎要喪失戰意，就在這時，現身的崆峒率領大批傭兵部隊前來支援。崆峒的身形飄忽詭異，率先突入「審判日」的戰士之間，雙手各抓一支鐵鉤，旋轉時帶起狂舞的血花，讓「審判日」的白衣染上跟紅色大理花圖騰一樣的鮮紅。

有了大開殺戒的崆峒，加上陸續援助的傭兵，屠立委與松雀的聯合部隊展開反攻。

一隊裝備精良的黑衣士兵接續從外側突入，以突擊步槍施以火力壓制，阻擋巨大垃圾車的進逼。黑衣士兵的戰術背心皆繡有鷹頭圖騰，說明了自身來歷——美國軍方派遣的自由獵鷹小隊。

「審判日」之中有人認出這支小隊，大聲嘲諷：「又是美國，什麼都要插手的美國。真的以為自己是世界老大了啊！」

這名戰士忽然兩眼一翻，慘遭子彈貫穿眉間。其他戰士大聲示警：「洋屌有狙擊手！」

隨著自由獵鷹小隊加入戰場，局面升級成更加混亂的多方亂戰。子彈如雨，屍體遍地橫臥，霧一般的硝煙瀰漫。

自由獵鷹小隊首先確認抗體位置，隨後分成兩個小組，其中一組去對付「審判日」，並將巨大垃圾車作為首要攻擊目標。

巨大垃圾車裝甲的強悍程度遠遠超過自由獵鷹小隊的想像，突擊步槍竟然無法將之摧毀。士兵改射擊輪胎，發現竟是防彈輪胎。

巨大垃圾車的速度儘管減緩，卻還是持續將阻擋之物輾入輪下，威脅性十足。

「Taking fire! Need assistance!」自由獵鷹小隊向巨大垃圾車集火：「Keep your fire!」另一組自由獵鷹小隊的士兵趁著巨大垃圾車被絆住，立刻向傭兵交涉，要求交出抗體，讓自由獵鷹小隊護送。

面對擁有如此高精良裝備的自由獵鷹小隊，傭兵們立刻有了共識，同意要將阿倪轉移。

傭兵與自由獵鷹小隊試圖護送抗體離開現場，這樣的舉動被「審判日」看穿，立刻施以猛攻，更以火箭炮攔阻退路。

「Fire in the hole!」一名自由獵鷹小隊的士兵高喊，回頭扔擲手榴彈，隨即呼喊撤離：「Fall back! Fall back!」

巨大垃圾車突然轉向，面朝試圖逃脫的傭兵與自由獵鷹小隊，外骨骼裝甲緩緩打開，露出幾管加特林機槍。傭兵跟自由獵鷹小隊都是詫異傻眼。

——為什麼垃圾車會搭載這種重火力裝備？這是什麼誇張的玩笑？

似乎為了證明不是開玩笑的裝飾品，加特林機槍瘋狂轉動起來，密集的子彈連發。

巨大垃圾車開火逼近，恐怖的火力讓自由獵鷹小隊被迫散開。幾名士兵逃脫不及接連中彈，倒在血泊中哀號。巨大垃圾車猛然加速輾過。

一名自由獵鷹小隊的士兵在混亂中與無線電通話，打了手勢下指令。

一枚穿甲彈破空射來，貫穿巨大垃圾車的車殼，更摧毀一門加特林機槍。

這是待命的自由獵鷹小隊收到指令所採取的行動，他們準備周全，立即架設重型狙擊步槍。

又是一發穿甲彈，這次目標是駕駛座。

巨大垃圾車的加特林機槍更加瘋狂地旋轉，子彈連射不斷，猶如動物死前的掙扎最是激烈。

被貫穿的擋風玻璃迸出蛛網痕跡，破碎的白色裂痕中有飛射的鮮紅。

巨大垃圾車就此靜止不動。

就在這支聯軍鬆一口氣的時候，垃圾車的車門猛然推開，染血的麒麟跳下垃圾車，手臂一揮，便有人頭落地。

麒麟主動衝進聯軍之中，手中砍刀見人就砍。

鏘——突然一對鐵鉤擋下砍刀，金屬激烈的碰撞竟擦出點點火星。

崆峒主動找上麒麟。

麒麟吼叫一聲，猛力跨步，推得崆峒一再退後。

崆峒輕飄飄退開，身形飄忽詭異有如幽靈，忽然轉變攻勢，鐵鉤重重砸下。麒麟舉起砍刀橫檔，一腳猛然踹出，命中崆峒腹部。

崆峒硬是接下這腳，同時反擊，鐵鉤插進麒麟左臉，卻沒有如預期毀去麒麟的眼珠。

崆峒驚見麒麟遮臉的亂髮下只有血肉不見眼眶……他生來就沒有左眼！

作為掠顱者前置的試作品，麒麟有肉體發育不完全的缺陷，天生少了左眼，因此故意用頭髮遮掩。加上天生缺乏痛覺，即使被鐵鉤插臉弄得滿臉是血，對麒麟卻是不痛不癢。

崆峒這一擊沒能真正重創麒麟，反倒被麒麟一刀砍傷，驚險之餘勉強護住要害，沒弄丟頭顱，卻也大量出血。

崆峒怪叫一聲，抽出鐵鉤，捂著傷口一退再退。

不料崆峒眼前的危機尚未解除，新的危險突然再現。另一名掠顱者同類握住斷劍，在哭號中不分敵我亂殺，就連崆峒也遭到波及。

「倚天又瘋了！」崆峒當然認得。早在王蛇提出找人請求時，那些描述的特徵便讓她知道王蛇的目標是誰。

「劍啊！這裡沒有我的劍！」

此時倚天所握的斷劍是屠立委祖父的收藏品，在尋劍那天被他親自折斷。

倚天鎖定崆峒，來回亂甩斷劍，逼得負傷的崆峒不斷閃退，甚至將地上屍體踢向倚天，試圖阻斷他的進攻。

倚天斷劍斬落，屍體被掠顱者的怪力搗爛。

忽然倚天回頭，盯上麒麟。

「咿呀！你有刀！有沒有看到我的劍？」倚天搖頭晃腦，臉上眼淚未乾。

「哼。」麒麟主動進攻，砍刀劃出一道黑影，往倚天劈去。

倚天舉起斷劍要擋，隨即發現少了大截劍身的斷劍不足以擋下砍刀，慌張閃開，幾根頭髮被削落，在空中飄散。

麒麟施以連續猛力的劈砍，與倚天戰成一團。崆峒趁著麒麟絆住倚天，決定優先完成松雀交付的任務——確保獲取抗體。

崆峒竄過持續交戰的「審判日」與大批聯軍，跨越遍地屍體，踩踏蔓延的血河，卻沒發現阿倪的足跡，反倒是幾名負責護送抗體的自由獵鷹小隊亂躺一地，全都喪失知覺。

崆峒觀察後發現這些黑衣士兵還活著，沒有明顯外傷，更沒見到多少血，似乎是被徒手打昏。阿倪被劫走了！

崆峒試圖傳遞這個消息，但倚天忽然拋下交戰的麒麟不管，四處亂竄砍殺，崆峒再度被捲入，被迫舉起鐵鉤抵擋。

在硝煙短暫散去之時，一道詭異的風聲逼來，命中崆峒腹部。是「審判日」的狙擊手。

崆峒試圖再戰，要完成交付的任務，卻在這樣的危急關頭，想起松雀當初所說的話。

──「妳要見證我掌管永生樹。這個命令不管發生任何事都不會改變。不要再讓我重複。」

這句話意外使崆峒失去戰意，卻湧出不計一切要活下去的動機。

她絕對不能死在這裡，不能死在毫無價值的混戰之中。何況此次任務目標的阿倪已經不見了，反倒掌握倚天的蹤跡，這樣足以向王蛇做交換。

她要保留這條命，繼續為松雀所用。

崆峒不顧由她率領的永生樹僱傭兵陷入苦戰，迅疾奔離戰場。

致命的狙擊與亂竄的流彈一再襲來。崆峒不斷迴避，不幸中了幾槍，終於狼狽地脫出戰圍。

拖著負傷累累的身軀，沿路滴血的崆峒獨自逃出戰場。

十八 武當之二

漆黑的道路上，一團影子飛快竄過。

影子不是採取筆直的路線，而是迂迴輾轉，不時接近所有可利用的掩蔽物，似乎在躲避什麼，好像隨時會從視野外飛來一顆子彈。

如果仔細去看，會發現影子其實是由三人組成。一人不僅賣力狂奔，肩上還扛著另外兩人，分別是一個女人以及小女孩。

後方的惡火與黑煙之地越來越遠，終於變成遠遠的一個小光點。

被扛在肩上的 Miss S 沒有鬆懈，免不了擔心武當的體能還可以支撐多久。

剛才趁著各方亂戰的場面極度混亂，武當抓緊機會突入，把幾名護送阿倪的自由獵鷹小隊全部打暈，救出阿倪後一擊脫離，立刻回頭帶上 Miss S。

Miss S 判斷情勢：現在阿倪的下落曝光，這次襲擊的人恐怕不會輕易罷休。她認出其中有閻山組以及永生樹的傭傭兵，至於那支神祕的小隊倒是不確定來歷。

盯上阿倪的這股聯合勢力不知道還有多少後援？Miss S 算不出來。讓情勢更加嚴峻的是 Dahlia 不惜下達殺死抗體的命令，表示「審判日」絕對不能再待。

反正 Miss S 也不是心甘情願想為 Dahlia 做事，合作只是一時的權宜之計。有了武當施以援手，令她盼見一絲希望，果斷請求武當帶著她與阿倪逃出據點。

阿倪此刻仍然昏迷，被施打的藥效還沒退去。幸好武當聽阿倪的心跳與體溫無虞，生命跡象都正常，才讓 Miss S 稍微放下顧慮。

有了巨大垃圾車的下場當借鏡，武當特別注意可能的狙擊。

幸好預先知道就能採取對策，仗著掠顱者恐怖的體能，武當要被擊中沒有那麼容易。加上還有阿倪在，自由獵鷹小隊極有可能擔心誤傷抗體而不敢輕易狙擊。

「武當，你還好嗎？」Miss S 擔心地問。

掠顱者全力奔跑的速度實在太快了，Miss S 驚訝發現甚至不輸給汽車，而且明明瘸了一條腿！

「沒問題。」武當因為說話所以稍稍減緩，儘管如此速度仍是非常驚人。「如果看到不對勁的，提醒我。」

不必武當提醒，Miss S 一路都在仔細提防追兵，至少目前為止沒發現任何異常。

「我認為需要找個交通工具。你的體力很寶貴，不能全部用在逃跑上。假如被追上，還要依賴你擊退敵人。」Miss S 分析。

武當沉默。

「怎麼了？」

「我不知道怎麼開車。」武當誠實地說。

在 Miss S 受傷的狀態下，負責駕駛的任務一定是落在武當頭上。

「怎麼會？」

「研究員沒教過……。」雖然掠顱者被教導各種殺人技能，卻沒學過怎麼操作交通工具。

「你平常怎麼移動？」

「走路，或用跑的。」武當說得是那麼理所當然。

這次換 Miss S 沉默。

除了掠顱者這種不懂疲累的怪物，正常人根本沒辦法靠雙腳輕鬆長途移動吧！Miss S 忍不住在心中吐槽。

Miss S 無奈不已，全身都在作痛，懊悔剛才的踩空換來一身傷。她的懊悔沒有持續太久，很快被後方閃爍的光點吸引。

是車燈。

「後面有人！」Miss S 瞇細眼睛極力試圖看清，直到進入較明亮的路段才看出端倪。

是追擊過來的自由獵鷹小隊。

「是那群穿黑衣的士兵。」Miss S 警告。

武當屏住氣息，雙腳大步邁開，竟然還能提速。

原來瘸腳對掠顱者根本沒有影響嗎？Miss S 嚇壞了，這到底是什麼光怪陸離的靈異事件。

自由獵鷹小隊緊咬在後，在發現同伴遭受襲擊倒了一地，以及抗體憑空消失後，立刻脫出戰場，展開奪回抗體的行動。

武當速度雖快，但自由獵鷹小隊裝備精良，駕駛的特種突擊車車速不亞於掠顱者。

眼看擺脫不掉，武當果斷做出判斷，緊急把 Miss S 跟阿倪放在路邊。「躲好，我很快回來。」

武當隨即回頭，架掌迎向自由獵鷹小隊。

在武當與自由獵鷹小隊激烈戰鬥時，Miss S 試圖尋覓所有可能的幫助，她對武當有信心，但不願意袖手旁觀。

Miss S 四處張望，發現不遠處竟然有人。

這種時候？這種地方？有人？Miss S 完全預料不到。

一個中年男人獨自倚在計程車旁，一手拿了鐵罐裝的花生牛奶湯，另一手拿著塑膠湯匙。中年男人是白襯衫與黑色西裝背心的打扮，似乎是計程車司機。

計程車司機注意到武當與自由獵鷹小隊的戰鬥，看傻了眼，嘴巴呆呆張開。舀起的湯匙僵在半空，一直忘記放進嘴裡。

看傻的計程車司機沒注意到 Miss S，直到後者接近。

拖著扭傷的腳踝，Miss S 總算來到司機附近，立刻喊：「這臺車還能用嗎？」

受驚的計程車司機抖了好大一下，花生牛奶湯也灑了出來。鎮定下來的計程車司機問：「妳要搭車？現在沒載客了。」

「開個價，都可以談。」Miss S 開始交涉。

「不是價碼問題……可以這樣把人打飛出去？是不是拍電影！」計程車司機驚呼連連。

武當鬼影般穿梭在自由獵鷹小隊的士兵之間，無論擊發的槍火如何閃爍，都沒傷到他。

計程車司機看得相當入迷。「那是真槍吧？就這樣閃掉？可以這麼輕鬆閃掉子彈？」

「不是拍電影。那位男士身分特殊，所以辦得到。」

「這年頭什麼事都有可能了。是不是我開計程車太久，想像力變貧乏了？」

「這個時代的確太瘋狂了。」

「喔！他把人都打倒了。那是特種部隊吧，裝備看起來很棒。」

Miss S 打斷計程車司機的廢話：「我想僱用你，請你負責駕駛。」

「說過現在不載客了。」計程車司機搖搖頭，「我打算回老家一趟，看看狀況怎麼樣。」

Miss S 眼神變冷，思考奪車的可能。

計程車司機倒是沒察覺，自顧自地說：「如果妳要去的地方順路的話，倒是可以順便載你們。反正我一定要回老家看看。」

「好。」Miss S 暫時接受。至少可以逃離這裡。

武當解決自由獵鷹小隊，扛著阿倪走來，好奇觀察陌生的計程車司機。

「身手很棒。」計程車司機豎起大拇指。

「啊、謝謝……。」面對計程車司機的稱讚，武當困窘得不知道如何是好。

也因為武當這樣純情無害的反應，讓計程車司機放下心了。「載客好多年了，你們看起來不壞。這樣我安心了。」

Miss S 順勢說明：「武當，這位司機願意順路載我們一程。」

「原來你叫武當。好名字。」計程車司機連連點頭。

武當微愣，有些困惑。

因為掠顱者的敏銳特質，他察覺計程車司機現在非常渴望被詢問名字……為什麼這麼期待呢？身為掠顱者的武當不了解。

懷著莫名其妙的心情，武當問了計程車司機的大名。

期待已久的計程車司機迅速回答。

「我叫 John，是花生醬的 John 喔。」

現場氣氛頓時凝結，充滿了尷尬的空氣。

一夜走走停停。Miss S 等人接連遭遇黑衣士兵。窮追不捨的自由獵鷹小隊持續增派支援，一再出現、一再阻擾計程車。

「你們惹到什麼狠角色？」本來是局外人的 John 叔終於想到要問。

沒人回答。操作方向盤的 John 叔繼續自言自語：「說我是被挾持的，他們會不會相信？」

仍是沉默。

Miss S 待在後座，受到看顧的女孩趴臥在她腿上沉睡。

副駕駛座的武當身上多出一些血跡，都是自由獵鷹小隊的。本來就不擅長聊天的掠顱者，在面對 John 叔時更是難以招架，不如不說話。

John 叔不以為意，開計程車本來就常要面對安靜的客人。儘管有時候客人的沉默另有原因。

「又來了。」John 叔瞥見後照鏡的陰影中有竄動的黑點，便自動在路邊停車。

武當也自然而然推開車門，迎向緊追不捨的自由獵鷹小隊。

「任勞任怨，從不抱怨。」John 叔滿意點頭，強調：「有押韻喔。」

車內少了武當，既有的沉默被更加放大，折騰整晚的 Miss S 真的沒有力氣理會 John 叔。

這時應該要關心獨自迎戰的武當，但是掠顱者實在太令人放心了，至今為止都把追兵打跑。

John 叔甚至跟著下車，倚在車門邊看武當打架，繼續吃罐裝的花生牛奶湯。

這份悠哉讓人不禁好奇，John 叔究竟歷經什麼樣的大風大浪，可以如此從容看待眼前所見？感興趣的 Miss S 隨口問了 John 叔的來歷。

「我只是個計程車司機。」John 叔說。

Miss S 沒有接話，不知道 John 叔是為人謙虛，還是故意玩電影片名梗。

遠處的武當出手迅速勇猛，歷經數場戰鬥仍不見疲態，周旋在黑衣士兵之間，讓黑衣士兵擔心誤傷自己人不敢輕易開槍，被迫採取近身肉搏。

緊握戰術小刀的黑衣士兵揮舞手中利刃，一再刺向武當要害。

掠顱者輕易避開，五指併攏成掌，挾著恐怖的勁道迅猛一拍，黑衣士兵整個人倒飛出去，面罩縫隙湧出細微血沫。

幾名黑衣士兵一起逼近，武當乾脆後退，引誘黑衣士兵率先出手。果然有人中計。武當抓住黑衣士兵揮刀落空的瞬間借力一抓，把人甩飛出去。

被扔飛的黑衣士兵在半空中畫了個弧，重重落地。

「武當啊，不要玩太久。」John 叔遠遠喊話，仰頭把剩下的花生牛奶湯全部倒進嘴裡，意猶未盡地抿抿嘴。

武當沒被 John 叔的喊話影響，不躁進不搶快，維持自身節奏一一處理黑衣士兵。戰鬥時的掠顱者是完全的自我，依靠喜好行事，不會輕易受人影響。

即使武當有「瘋癲成魔」的特性，現在的風格既不瘋癲，也與入魔扯不上邊，是游刃有餘灑脫自在，輕易破解所有攻勢。

武當現在戰鬥的理由完全不一樣，甚至從未體會過。這是第一次，為了保護什麼而出手。不是單純為了宰殺目標，或是殲滅什麼。感覺很奇妙。武當說不上來，只希望在一切結束前盡可能感受，更為此放慢節奏。

一旦拖長時間必然增加風險，偏偏現在的武當不管這些，每一掌打出的分量都與從前不同了。

武當衣袖翻飛，拳掌飛舞。他迴身、他閃避、他招架、他出掌……每個動作自然銜接猶如川流不息的溪流，攻勢行雲流水不曾間斷。

落下最後一掌，武當拍破黑衣士兵的頭顱。堅固的面罩喀喀崩裂，竟如保麗龍般脆弱不堪。

武當蹲下，就地用黑衣士兵的衣服擦手，抹掉血漬。

當他站起，一陣微風吹拂，月光重新露臉，夜空比以前看過的都還要皎潔。

在垂掛的弦月下，有人在對武當招手——是 John 叔，還有過意不去的 Miss S 也從車窗探頭，確認武當安全無傷。

望著這幅景象，武當怔住。

呆立好久，直到 John 叔呼喊該走了，武當才返回計程車。

「剛剛站著不動是不是腳麻了？蹲太久就會這樣。」John 叔深有同感。

武當點點頭，其實沒聽進去。

掠顱者現在的心思都繫在其他事上。

阿倪在黎明前醒來。

「好痛！」她清醒的第一件事就是喊痛。

被當成物體看待的阿倪先被甜鼬盜出，轉交給倚天的時候被重摔一次。在爭奪抗體的多方混戰時不僅被拖行，還被又扔又摔。儘管幸運保住一條命，但皮肉傷沒少。

呼痛之後的阿倪慢慢意識到目前的所在處，驚喜看著 Miss S，又看看武當跟陌生的計程車司機。

「我、我們怎麼會在車上？逃出來了嗎？」阿倪驚呼。

「對啊，死小孩。妳安全了。」Miss S 的笑容有點疲憊。見到阿倪醒來終於安心，反倒鬆懈下來失去大半力氣。

阿倪緩緩坐起，望向車窗外流動的風景。「現在要去哪？」

「去我的老家。順路載你們，中途想下車隨時說一聲。」John 叔說。

「咦？司機大叔，你好陌生，請問你是誰？」

不知道是不是 Miss S 看錯，後照鏡照出的 John 叔眼睛好像閃閃發光。

「I am John, 8+John 的 John!」

「是八家將的諧音笑話嗎？」阿倪問。

「沒錯。我自己想的。」

阿倪面有難色。「司機大叔，這個真的很難笑喔……中年人都會變成這樣嗎，不是弄長輩貼圖就是講很難笑的冷笑話？」

John 叔雙眼的光芒瞬間消失，黯淡不已，顯然遭受重大打擊。

阿倪真是太直白了……Miss S 心想，讚賞這份直接來得恰到好處。

面如死灰的 John 叔好一段時間都沒說話，副駕駛座的武當則是早就陷入沉思。後來是充滿好奇心的阿倪開口：「我是怎麼逃出來的？大姊姊，我真的以為再也見不到妳了。」

阿倪回想昏迷前的情景：在那瞬間她以為自己會喪命，或從此遭到囚禁。

「是武當出手幫忙。他先救出我，再把妳帶出來。」Miss S 對武當充滿感激。

「倉庫大叔，謝謝你喔。我會跟你多說話的，不要再那麼憂鬱了喔。」

阿倪與 Miss S 的感激之情相當強烈，武當無可避免地全盤感知到。因此思緒被拉回。

他搖頭，被亂髮遮住的臉看不見表情。阿倪跟 Miss S 不約而同猜想，一定相當困窘吧。

「打岔一下。」John 叔說。

「司機大叔你又要講冷笑話嗎？」

John 叔嘴角垂了下來，臉上的表情明顯寫著「我受傷了」，還強忍淚水解釋：「前面會經過加油站，我要停下來休息，找找有沒有吃的跟喝的，順便看能不能加油。如果有桶裝汽油也可以。」

「現在停下來不太妥當，可能還有追兵。」Miss S 提醒。

「我開了整晚的車，現在最好休息一下。恍神容易出車禍。反正有武當在，誰追來就把誰打跑。重點是我需要上廁所，憋很久了。妳們最好也上一下，現在要找廁所不方便。」John 叔委婉提醒：「在路邊不太好吧？」

John叔這一說，Miss S與阿倪也認同上個廁所比較保險。在腎上腺素消退後，現在尿意陣陣襲來。

「好吧。」Miss S帶著些許歉意。「武當，如果有個萬一又要麻煩你了。」

「好。」武當答得簡短。這不是什麼苛刻的要求。

抵達加油站之後，武當首先下車查看，其他人則留在車上。John叔將計程車保持發動狀態，以便發生任何狀況都能隨時駛離。

這座加油站到處散落雜物，可以想見當時員工匆忙逃難的情景。現在靜悄悄的，沒有以往瀰漫的汽機車廢氣與喧雜的引擎聲。

Miss S跟阿倪都挨在車窗旁，看著武當巡視加油站，獨自走進辦公室。

「這裡能弄到吃的嗎？」阿倪問，她其實又痛又餓。

Miss S還沒來得及回答，槍聲乍響。

砰——砰砰！

車上三人驚慌看往辦公室，那裡冒出開槍的火光。

十九　加油站

「武當！」「倉庫大叔！」

隨著傳出槍聲，阿倪與 Miss S 驚慌地呼喚掠驫者，計程車更是瞬間往前暴衝幾公尺，是受驚的 John 叔不慎踏下油門。

加油站辦公室的窗戶刷的一聲迅速拉開，一個戴著髒兮兮防護面罩的男人跳窗出來，還失去平衡一度撲倒在地，隨後手腳並用爬起，慌張跑開。

武當跟著從窗戶躍出，身手依然矯健，顯然沒有受傷，讓車上三人都鬆了一口氣。

跳窗的男人跑了一段距離後突然站定，雙手握槍對著武當。男人大喊：「別過來！不要再過來了！我躲在這裡什麼都沒做、假裝沒看到我就好了啊！走開！」

Miss S 與阿倪紛紛變了臉色，都覺得這聲音有些耳熟。等到跳窗男人發現計程車，面朝 Miss S 與阿倪這邊時，雙方同時愣住。

「怯鷗？」「暗戀峨嵋姊姊的大叔？」

怯鷗緩緩放下槍口，呆呆地問：「是妳們？怎麼會在這裡？」隨著武當繼續走近，怯鷗嚇得再度舉槍：「別過來！停下、立刻停下！」

「武當。我們認識他，沒關係。」Miss S 喊。

「暗戀峨嵋姊姊的大叔，你放下槍吧，我們不會攻擊你。」

有了兩人提醒，武當隨即止步。

「咕嘟。」怯鷗用力吞了口水，緊張地看了武當好一會兒，才慢慢放下手臂，讓槍口朝向地面。

現場突然沉默，怯鷗緊盯武當，武當雙手垂在身側不動，表現出不會攻擊的和平姿態，還對怯鷗有幾分好奇。

怯鷗回頭看向計程車。Miss S 也是一時無話可說，該主動介紹嗎？她嫌麻煩多餘。

駕駛座的 John 叔突然探頭，嚇得怯鷗叫出聲，顫抖的槍口對準駕駛座。

John 叔馬上舉雙手投降：「不好意思打斷你們，我沒有別的意思，只有一個請求。」

「什、什麼請求？」怯鷗問。

John 叔清了清喉嚨，鄭重地說：「我的膀胱要炸掉了，先讓我上廁所！」

沒等怯鷗同意，尿急的計程車司機匆匆推開車門，在眾人的注目中奔向廁所。

加油站的辦公室裡，此刻窗戶全都閉緊。趁著僥倖有電力供給，Miss S 開了冷氣，與阿倪坐在略顯破爛的黑色人工皮沙發，享受冷氣的吹拂。

阿倪手上還拿著袋裝餅乾，是怯鷗囤積的糧食。這個懦弱的僱傭兵則是遠遠坐在另一張椅子上，刻意保持距離。

怯鷗防護面罩下的臉孔枯黃，帶著陰鬱的黑氣。

當初怯鷗親眼目睹阿嬤被感染者扔下樓慘死，整個人大受打擊。隨後因為「淨土」爆發，四處陷入混亂，殺人的與被殺的人、趁機姦淫擄掠的惡徒四處橫行，讓本來就神經質的怯鷗極度恐慌。

在這樣的情況下，怯鷗失去求生動機，沒把握在如此恐怖失序的世界活下去，四處躲藏之餘也在計畫自己的死期。

怯鷗近期躲藏在這座加油站，直到掠顱者突然闖入，發現開槍無用甚至被預判行動，嚇得怯鷗跳窗逃跑，沒想到就這麼遇見熟人……

「你們現在有什麼打算？」怯鷗問。

「能逃多遠算多遠，走一步算一步。」Miss S 說。

Miss S 認識怯鷗也僱用過他，但不會因此洩漏阿倪身上有抗體的祕密，越少人知道越好。

「暗戀峨嵋姊姊的大叔，你看起來好糟糕，好像想要自殺的人。」阿倪說。

「不用一直提醒我峨嵋的事。妳最好也別再想著峨嵋了。」怯鷗神情黯然，「妳這個小鬼還是一樣嘴巴很賤啊。」

「哪有很賤，誠實錯了嗎？」阿倪忽然皺眉，不斷抓著後頸。

「怎麼了？」Miss S 問。

「脖子癢癢的，好奇怪。」阿倪邊說邊抓，「好像腫起來了，有點癢。」

「我幫妳看看。」Miss S 撥開阿倪頭髮，檢查她的後頸。「有瘀青，還腫起來了……是不是昨晚撞傷了？也該處理妳身上的傷了。」Miss S 轉頭詢問怯鷗：「這裡有沒有生理食鹽水跟透氣膠布？」

「那邊好像有醫藥箱，妳翻翻看吧。」怯鷗指了指辦公室的角落，不安地確認：「你們留在這邊會不會連累我？雖然我很害怕，已經不奢望能好好活下去了，可是不想被牽扯進什麼麻煩裡。我真的受夠了，沒有多餘的力氣了。跟著你們的那個男人是什麼怪物？他可以迴避子彈……我有看過類似的人……。」

「他沒有惡意，不會傷害你。你放心。」Miss S 忍著腳踝扭傷的疼痛走向辦公室角落，挪開堆積的雜物，找到積了一層灰的醫藥箱。

她皺著眉頭，只用指尖觸碰。醫藥箱裡頭的醫療用品雖多，但是生理食鹽水與碘酒早就過期了，只能勉強使用透氣膠布。

Miss S 檢查阿倪身上遍布的擦傷，用面紙沾水，先替她擦拭傷口做簡單的清理，然後再用乾燥的新面紙擦乾，最後蓋上透氣膠布。

阿倪安分坐好，讓 Miss S 處理傷口，但嘴巴沒閒著：「暗戀峨嵋……喔，大叔你怎麼那麼怕死啊？好膽小。」

「我這樣才是正常反應，現在還能不怕死的人才奇怪吧？妳們身上怎麼那麼多傷？是出了什麼意外，還是跟人結仇？」怯鷗懷疑地問，「沒事就快走。」

「大叔你太小氣了吧，是不是怕我們跟你搶冷氣吹？」阿倪問。

「我還擔心你們跟我搶氧氣呼吸咧……。」怯鷗被問得惱火。

John 叔打開窗戶，探頭進來：「哇，有冷氣吹？好涼！油加好了，還順便洗了車子，現在亮晶晶跟新車一樣，隨時可以上路。那邊的帥哥，你很面熟，我好像載過你？」

「你以前話好像沒那麼多啊。」怯鷗說。

「現在不說，以後說不定就沒機會說了。」John 叔說。

「不要講冷笑話都好。」怯鷗餘悸猶存。

「我的冷笑話是為了緩和氣氛，唉，虧我那麼用心。終究是錯付了。」John 叔哀傷地搖搖頭。

「司機大叔，你怎麼不講冷笑話改講電視劇臺詞了？」阿倪舉手發問。

Miss S 馬上打斷這些毫無意義的閒聊，詢問：「武當人在哪裡？」

「在加油站外面顧著，很可靠的人啊。我叫他來吹冷氣休息吧。」John 叔說。

「武當？」怯鷗想了想，弄懂其中關聯：「這種取名方式？我好像懂了。他跟峨嵋一樣，都不是正常人吧？」

「正常人又怎麼樣？正常人在這種世界末日根本活不下去。」Miss S 突然慶幸武當是那麼不正常，反倒救了她跟阿倪。

Miss S 繼續說：「既然你那麼在意又那麼怕死，我就提醒你好了，有人正在追蹤我們，不知道會不會牽連到你。你不歡迎我們無所謂，反正我們現在就要走了。你最好也離開這裡，希望你不會被逮住，然後被拷問刑求，只為了逼問我們的下落。」

怯鷗本來就陰沉的臉更加難看。「碰到你們總是沒好事。是誰盯上你們？」

Miss S 無須隱瞞，大方回答：「閻山組跟永生樹的僱傭兵，還有一支不知道來歷的小隊。」

「怎麼又是閻山組？」怯鷗問。

當初就是怯鷗接受 Miss S 的僱用，查出是閻山組在找器官交易組織的麻煩。

「我不知道為什麼這些勢力會混在一起，目前可以掌握的情報太少。我猜裡面也有幾個像武當那樣的怪——」Miss S 停住，不願意再用怪物去稱呼武當，便改口：「像武當那樣的人。」

「除了武當跟峨嵋，還有更多？」怯鷗問。

被 John 叔叫來的武當正好聽到雙方談話。

「還有倚天跟崆峒。」武當說明：「昨天襲擊的那些人裡面，倚天跟崆峒也在。我以為他們聯手，可是後來打在一起。」

「果然又是掠顱者？」Miss S 說。

昨晚 Miss S 被武當救出時，一度目睹倚天不分敵我濫殺，那樣瘋狂的態勢與她所知的掠顱者極為相似，所以猜測追捕阿倪的勢力之中也有與武當一樣的存在。

現在有了武當的親口說明，證實了 Miss S 的猜測。

「倚天？」怯鷗插嘴：「是不是一個高高瘦瘦、抱著木棍的男人？」

「是。他以前都會找棍子拿著，現在換了一把斷劍。」武當回答。

「等、等等……你們聽我說，不對，先回答我，倚天在追殺你們？是嗎？是這樣對吧，我沒理解錯誤吧？」怯鷗問得很急。

「是這樣沒錯。你要找倚天？還是你跟他有合作關係？」Miss S 逼問，還打算預先拿槍，如果怯鷗真的跟倚天往來，那她要提前解決這名僱傭兵。

怯鷗突然洩氣，沮喪地說：「不是，我根本沒見過什麼倚天。我沒想到有一天會是這樣的發展，是王蛇找我幫忙。那個惡劣的混蛋，還是不放過我。」

Miss S 跟阿倪都對「那個王蛇」不陌生，但是不能明白怎麼會盯上倚天？

「讓我聯絡王蛇，他可以幫你們解決倚天。」怯鷗拿出手機，「希望能打通，就算現在有冷氣，我也不敢保證，供電跟通訊都太不穩定了……。」

這是可以利用的機會，Miss S 發現一線生機。雙方打過交道，她深刻理解王蛇是異常麻煩也毫無道德底線的傢伙，如果由他對付倚天，絕對可以阻斷倚天的追擊。

「沒問題。」Miss S 一口答應。

「不要答應得這麼快，或許需要你們當餌把倚天引誘過來，如果他不是單獨行動，還會有妳剛剛提到的閻山組跟僱傭兵，以及那支神祕小隊……這樣你們願意嗎？」怯鷗問。

「不只這些。還有『審判日』。」Miss S 沒忘記要消滅所有抗體的 Dahlia 以及她率領的戰士們。

「什麼『審判日』？那又是什麼東西？」怯鷗問。

「一樣是會對我們造成麻煩的存在。」Miss S 一度要嘆氣，但不願意在阿倪面前顯露過多的疲憊甚至絕望。

「算了，反正都是活的對吧？全部扔給王蛇解決吧，他一定很樂意亂殺一通。他這種人、這種無藥可救的垃圾……。」怯鷗垂下頭，雙手抓亂頭髮，戴著的防護面罩也歪了一邊。

默默挑了椅子坐下的 John 叔看看怯鷗，又看看 Miss S，隨後低聲問武當：「你們這個劇情是不是比拍宮鬥劇還複雜？」

武當搖頭，誠實回答：「我不知道，我沒看過宮鬥劇。那是什麼？」

「連宮鬥劇都不知道，那你也沒追過《甄嬛傳》馬拉松吧？」John 叔問。

「我知道馬拉松……可是《甄嬛傳》馬拉松是什麼？」武當同樣的不明白。

「太可惜了，武當，你的生活少了一味。」John 叔惋惜地拍拍武當的肩膀。

Miss S 看著竊竊私語的掠顱者與計程車司機，又看看阿倪，不斷盤算有沒有可能保護所有人的安全？或是至少、至少要護住阿倪。

如果讓武當跟王蛇聯手？說不定可以同時擊敗那幾支覬覦阿倪的勢力？

Miss S 突然有了大膽的點子，這有可能做到嗎？光是「那個王蛇」就絕非會乖乖合作的角色，一定是憑喜好行事。

至於武當……Miss S 心中湧起一絲不願意，不想利用這個孤獨又單純的非人怪物。

「給我們一點時間討論。」Miss S 說。

二十　王蛇之三

松雀終究得知行動失敗的事實，而且失敗的原因竟然是倚天失控。

松雀不知道屠立委是從哪弄來倚天，還讓這名陌生的掠顱者加入行動。這個同樣被野心驅使的政客，或許是所有計畫都進行得太順遂了，以為一切能如他所計算，輕忽倚天可能帶來的危害。

掠顱者有許許多多種面貌，共通處都是極其不穩定的精神狀態。不是每個都能像崆峒那樣，進入「固錨」狀態便徹底安定下來，聽從所有命令。

屠立委貿然派出倚天，不只沒成功捕獲抗體，還讓崆峒受了重傷，更折損大批人手。若不是崆峒最後關頭想起松雀的承諾，決定放棄戰場優先保命，現在松雀很可能要失去這個強大又能百分之百信任的戰力。

松雀不能忍受這些荒謬、不經仔細思考的決策。不過他沒有與屠立委反目，而是另有打算。

松雀穿著全套防護衣，率領幾名同樣做好防備的僱傭兵來到市區。還沒抵達目的地，便先見到遍布街道、成群黑壓壓的影子。

「感染程度又擴大了。」松雀不得不警戒。

雖然有大批人潮群聚，卻異樣地沒有任何聲音。這些人全都像是罰站，動也不動，茫然的雙眼空洞地望往一處無人能見的虛無。

全是「變種淨土」的傑作。

松雀與僱傭兵們繞開這些已成傀儡的感染者，緩慢往中心處移動。

在尋路的一瞥之間，松雀突然止步。尾隨的僱傭兵們同時停下，立即舉起手中槍械朝向四面八方，試圖尋找松雀發現的危險。

松雀看見的並非什麼會帶來危害的存在，而是一名已成傀儡，呆立不動的男子。

這個男子穿著昂貴的藍色西裝，西裝上有著歷經風吹日晒的水痕，本來油膩圓腫的臉龐與身軀已然消瘦，讓顴骨顯得高高突起，整個人瘦削如枯柴。

松雀凝視許久，忽然失笑。笑聲迴盪在無聲群聚的傀儡之間，甚至在城市中引起乾乾的回音。是第二代！這是永生樹的接班人！

松雀認為既然處理了其他三名管理者，幾乎掌握整個永生樹，第二代等於有名無實，已經不成威脅，加上要完成美國提出的委託，所以先將取代第二代的計畫擱置不管。

松雀打死都不會想到，會是在這種場面見到當初處心積慮要剷除的第二代。

這時松雀也明白了，難怪派去監視第二代的僱傭兵後來沒了消息，恐怕是一起遭到感染變成傀儡，所以無法再回報訊息，也讓松雀失去第二代的行蹤。

這個第二代撇下永生樹，跑去創辦心靈成長課程，被眾多學生視為心靈導師，更成為新興教主似的存在。

這種虛無縹緲的鬼扯玩意令松雀極度不齒，也因此更加憤恨。如此盲目愚昧的蠢貨，只因為是法定上的子嗣，所以能接受創辦人留下的事業，一邊躺著坐擁永生樹的獲利，一邊興辦狗屁般的心靈成長課程。

松雀再次笑出聲。

「笑夠了沒有？我不記得我身上的『變種淨土』有這種作用。」

遠遠的，一個不屑又陰狠的聲音傳來。

大批傀儡群忽然有了動作，連同第二代一起往兩旁讓開，如同紅海被分隔，讓松雀得以看見盡頭的王蛇。

王蛇盤坐在地，身邊是成堆的空酒瓶。無須多餘威嚇，也能察覺到他渾身散發不祥又凶戾的氣息，貿然接近恐怕要付出代價。

「找到叫倚天的垃圾了沒有？」

「找到了。我給你情報，你交出血液。完成我們之間的交易。」松雀又看了一眼，已經見不到第二代的蹤影，他混在傀儡群之中難以辨認了。

「別廢話了，那個瘋子在哪？」

「除了你之外，還有另一個抗體，知道 Miss S 嗎？她帶著一個女孩。」

「既然你知道還有其他的抗體了，幹麼不去抓她，要來煩我？你是不是有病？」

「抗體身上被注射微型追蹤器，倚天會接受命令去抓她。」松雀說明，「你想知道倚天現在的位置，就先交出血液。」

松雀的盤算很簡單，用王蛇除掉倚天這個不安定因素，這種敵我不分的瘋子不能留更不能活，還能削減屠立委的戰力。松雀則是可以得到王蛇含有抗體的血液，親自向美國交差，大幅提昇美國對永生樹的信任。

對於松雀而言，這筆交易實在划算，可以同時獲得多項好處。

「真貪婪啊，你跟另一個想拿到抗體的人是競爭對手？」王蛇拉起袖子，袒露整條手臂。「讓你抽兩管血。就兩管。」

「不多不少。」松雀使用橡皮圈綁住王蛇手臂，讓靜脈清楚浮現。接著拿出抽血針筒，冰冷的針頭對準皮膚底下的靜脈。

傀儡突然有動靜，接連抓住松雀。其他僱傭兵也被包圍上來的傀儡們阻擋。

「你幹什麼！」松雀臉色鐵青，驚覺上當。

王蛇亦不明白為什麼傀儡自己動了起來，似乎是將針筒視為武器而採取的護衛行動。

王蛇意念催動，竟無法命令傀儡退下。

為什麼傀儡的自動護主行為變得這樣神經質？王蛇思索，難道「變種淨土」又產生變化了？

「連你也無法控制？」松雀質問。

「我看起來像能哄住這些傀儡嗎？」王蛇無所謂地說。

「你真是垃圾。」

「懇求垃圾的血的你又算什麼？放心，你還是有機會抽我的血。反正我很快就會死了，從我的屍體抽血吧。不如先告訴我倚天在哪？」

還沒等到松雀甘願鬆口，王蛇突然頓了頓，從口袋取出手機。手機的另一端連接行動電源，這幾日他時刻保持手機擁有電量，以便有機會收到必要的聯絡。

無視松雀的怒視，王蛇接起通話，隨後回應：「我現在趕去。對了，你順便告訴 Miss S 身邊的小屁孩吧，她被注射微型追蹤器。」

王蛇並非出於好心，只是想起當初峨嵋與叫做阿倪的女孩似乎很合得來。多虧松雀的說明，讓王蛇弄清楚事情的發展脈絡，隨口提醒阿倪。

想起峨嵋，讓王蛇殺意更盛。他收回手機，獰笑之中帶著嘲諷與輕視。「壞消息，有人搶先提供倚天的位置了。」

「什麼意思？」

「你沒有交易的價值了。」王蛇意念催動，傀儡群瞬間湧上，吞噬松雀與他帶領的僱傭兵。

「也沒有留你活口的必要了。」王蛇補上一句。

最前面幾名傀儡分別抓住松雀的手腳與軀體，讓他無法動彈，隨後一隻又一隻傀儡堆疊上來，將松雀埋住。

基於先前幾次的觀察，松雀從沒發現這些傀儡有攻擊的行為，以為單純會是這樣人不像人的詭異狀態，只提防會被感染，還想著率領一隊僱傭兵前來談判便足夠確保安全。

松雀一再失算。

在重重擠壓之中，松雀逐漸無法呼吸，身穿的防護衣可以防止感染「淨土」，卻抵抗不了傀儡不斷堆壓上來的重量。

無法掙脫的松雀在缺氧死去之前先是內出血，腹部腫脹起來，接著在窒息的痛苦中瞪大雙眼，昏迷過去……其他僱傭兵也落入同樣的遭遇。

毀約的王蛇漠然觀賞管理者的死亡。

在王蛇的意念驅動下，傀儡再次散去，留下這名野心勃勃的管理者以及隨行僱傭兵們的屍體。

王蛇取出戰術小刀，割開松雀身穿的防護衣，彎腰摸索翻找。

「你果然帶在身上。」王蛇找到能夠顯示抗體位置的偵測儀，檢查後確定還能使用，顯示的位置與怯鷗提供的地點完美重疊。

有了這樣的雙重保證，王蛇的目標明確。

一心要血刃仇敵的王蛇收好偵測儀，率領他的無聲軍隊往復仇之地出發。

隨著怯鷗聯繫王蛇，眾人連帶得知意外的情報。

「阿倪身上有追蹤器？」Miss S 拉著阿倪，檢查她的衣服與鞋襪，卻沒見到任何追蹤器或疑似追蹤器的物體。「是不是王蛇故意開玩笑，想讓我們疑神疑鬼？」

「他是惡劣的混蛋，講話也難聽，可是相信我，他沒心情開玩笑。」怯鷗說。

「追蹤器在哪裡？還是早就弄掉了……等等！」Miss S 忽然想通什麼，趕緊撥開阿倪的頭髮。

「大姊姊？」

Miss S 想起阿倪剛才莫名說脖子癢，於是確認她的後頸，發現那處瘀青裡有被注射的針孔。

「是針筒……微型追蹤器被注射進妳的體內。怎麼會這樣？居然這樣不擇手段？」

「沒辦法取出來嗎？」阿倪搔抓後頸腫起的瘀青，感覺不到微型追蹤器的存在，難以接受這種東西居然藏在她的身體裡。

「現在輕易動刀很危險，如果傷口感染或有任何意外，沒有醫院可以治療。我知道的黑市醫生可能也找不到人。我更不具備取出微型追蹤器的技術。」Miss S 摀住臉孔，發出無聲的沉重嘆息。

「這代表不管我逃到哪裡，他們都會找到我嗎？」阿倪臉色蒼白。

Miss S 無法、也不忍心回答。武當感應到這份慌亂與擔憂，於是臉色沉了下來。John 叔識相沒有講冷笑話，安靜不出聲。

「對，小屁孩妳到死都會被鎖定。除非那些人死光……妳身上有抗體對吧？」怯鷗不笨，隨即釐清前因後果。但他並不覬覦抗體，現在的他僅僅是喪失求生意志，只求不要死得太痛苦的人。

「我……。」武當試著開口：「我可以把那些人都打退。」

「這個任務給王蛇去做吧，那個混蛋很樂意。」怯鷗拉開窗戶，窺視加油站外。「就在這裡會合，等他過來。」

「我們雖然可以當餌，前提是王蛇要能趕上。不然只是徒增不必要的風險。」Miss S 強調。

「王蛇會趕上的，他有一定要殺死倚天的理由。」怯鷗話裡有不同於喪失求生意志的落寞。

「John 叔，要麻煩你在車裡待命，必要時我們立刻上車逃離這裡。」Miss S 要求。

突然被點名的 John 叔指了指自己：「剛剛說的當餌是什麼意思？我也被算在裡面嗎？」

「是的。很抱歉，你已經被牽扯進來了。我需要你幫忙。」Miss S 坦承。

「臣妾做不到啊！」John 叔喊起宮廷劇的臺詞，表達自己的無能為力。「我還不想上車，跟你們一起躲在這裡不好嗎？」

阿倪再次舉手：「司機大叔，你還是講冷笑話好了。聽你講這種話好彆扭。」

「你們逃就好，不用算上我了。」無視眾人的討論，怯鷗獨自離開辦公室。

二十一 怯鷗

入夜之後，倚天率領成群的閻山組現身，闖入漆黑的加油站。加入這場行動的還有數名自由獵鷹小隊。他們與倚天保持距離，雖然目的一致，卻是分別行動。藏身在辦公室的 Miss S 等人經過武當示警，發現這些追擊過來的大隊人馬。為了方便逃跑，John 叔的計程車就近停在辦公室門口。

「王蛇慢了。這個卑鄙又不準時的傢伙，要拖延到他過來才行。」Miss S 低聲罵著。

「我去吧。」武當握住門把。

「等等，我去。」怯鷗搶先一步，從另一扇門離開。

隨著怯鷗走出辦公室，閻山組與自由獵鷹小隊的諸多槍口對準他。怯鷗舉起雙手投降：「不要殺我，我知道你們要找的人在哪裡。」

從辦公室看到這幕的 Miss S 等人都愣住，以為怯鷗要出賣他們。

「不需要你廢話。跪下！」一名閻山組喝斥。

怯鷗聽從照做，邊跪下邊喊：「他們不在這裡了！追蹤器被發現也被拆掉了，他們故意把追蹤器留在這裡誤導你們。」

聽到追蹤器這個關鍵字，閻山組眾人都愣住，面前的怯鷗顯然知道許多內情。

「讓我加入你們。」假裝投降的怯鷗交涉：「我可以提供情報，我有聽到他們說要逃去哪。」

「說！你先說他們逃去哪？」

「你、你還沒答應讓我加入。不管要交代什麼任務給我都可以……我是永生樹的僱傭兵。」怯鷗本來想謊稱自己想活下去，以此強調加入的動機，但逝去的人以及混亂的世道讓他說不出口。

「你的代號是什麼？報上來讓我們確認。」

「我叫……。」怯鷗還未回答，面前的閻山組忽然中槍噴血。

「偷襲！注意偷襲！」亂竄的閻山組迅速進入備戰狀態，自由獵鷹小隊保持紀律注意各個方向，往掩蔽物接近。

「在那邊。」倚天藉著掠顱者的敏銳感應，首先發現襲擊者的方位。閻山組們接連往那方向舉槍，果然有成群搖晃的影子持續接近。

是人。

很多人。

很多很多的人。

一名自由獵鷹小隊戴上夜視鏡，發現這些人都不對勁。接著響起詭異的風聲，這名士兵立刻縮頭，向同伴示警要注意狙擊。

滿滿的「人」包圍了加油站，持續進逼。

閻山組與自由獵鷹小隊立刻集火，卻發現子彈無效，親眼目睹這些人即使身中數槍，卻能邊噴血邊前進，好像喪失痛覺，更像被操控的傀儡。

如此詭異的景象讓眾人驚慌，忽略了傀儡纏綁在身的玩意，沒注意到不斷閃爍的小小紅光。

隨著傀儡群逐漸接近，密密麻麻的黑影占據了閻山組與自由獵鷹小隊的視野。

終於有人發現紅光閃爍的玩意，還來不及警告同伴，最前方的傀儡突然爆炸！

劇烈的火光與噴飛的肉塊讓眾人緊急伏倒，另一具傀儡接著炸開，血肉與碎骨四濺。爆炸的傀儡上半身空蕩蕩消失不見，只剩不斷冒出焦煙的下肢。

鄰近的傀儡被爆炸波及，紛紛燃燒起來，任憑火焰纏身也沒發出一點哭叫，行屍走肉的他們繼續前進。

不祥的火光照亮傀儡們木然的臉孔，一個個茫然瞪眼，極度詭異。

「見鬼了，撤退。都撤退！」有閻山組大喊，在離開掩蔽處時遭受狙擊，慘叫倒地。

比起慌張的閻山組，自由獵鷹小隊有條理地互相配合，以火力掩護彼此。

又是爆炸！凶惡的烈焰高高竄起，燃燒的火舌舔食空氣，令火團再壯大幾分。沖天的黑煙即使在夜間都能看見。

緊接著是兩道鮮血噴灑，在路面烙下濕漉漉的紅痕。兩名閻山組成員雙眼失焦，接連癱倒。

「這是什麼？到底是什麼？對方到底有多少人？」

閻山組越加恐慌，這與預先計畫好的不同，原本是要接收抗體然後運回基地，遭遇這群傀儡完全不在預期之內。

別說是閻山組，就連自由獵鷹小隊也不明白怎麼會有這種東西存在！

周遭的恐慌情緒不斷刺激倚天。原本掠顱者背靠車輛作為掩蔽，卻忽然站了起來，挾著急促的呼吸大步一躍，劍指貫穿一名傀儡的喉嚨。

「呀啊啊啊啊——殺死你們！殺死你們！」倚天鬼吼鬼叫。

那隻傀儡呆呆看著倚天——其實傀儡什麼都沒看見，只是睜著眼，映入一切景象。倚天讀不到傀儡的心跳。明明是正常跳動，卻什麼訊息都讀不出來。

因為只是傀儡。傀儡沒有心思。

掠顱者慌了。

傀儡胸前的紅光閃爍，倚天奮力向後躍開，那隻傀儡隨即炸得血肉模糊。飛散的肉屑與碎骨遠遠噴到倚天臉上。帶著餘溫。

「誰、是誰？是什麼東西？爆炸！為什麼爆炸！」倚天抓亂頭髮，心慌地衝著傀儡群大喊。

在混亂的火光與錯落升起的黑煙之中，傀儡群像被分隔的海洋主動往旁退開，讓被復仇之心驅趕、一路追獵至此的王蛇得以現身。

王蛇遠遠衝著倚天獰笑。

那是森冷的、亟欲大啖仇敵血肉的恐怖笑容。就連過去慘死在王蛇手下的諸多亡魂，在臨死前都沒見過這樣的笑容。

燃燒的焰火無法驅散王蛇身負的陰影，只有隨著無窮無盡的憎恨更加旺盛。

倚天歪頭，既詫異又慌張。「啊？你？你、我是不是在哪看過你？」

「我們見過。」王蛇扔掉手中的狙擊槍。

剛才王蛇有機會遠距離擊殺倚天，但他故意選擇射擊閻山組，製造傀儡群登場的恐懼。

因為王蛇深知掠顱者會被周遭情緒影響，混亂與恐慌都是極度負面的毒藥。

他不能讓倚天死得太乾脆太輕鬆。

這不是「那個王蛇」的作風。

「你死前最後看到的也會是我。」王蛇手一揮，原本穩定行走的傀儡群突然發狂急奔，彷彿失控的浪潮。

掠顱者被傀儡海淹沒。

閻山組與自由獵鷹小隊發現這場混亂的元凶，隔著傀儡群對王蛇激烈駁火，傀儡群立刻分散，一大部分組成肉牆護衛王蛇，在交織的火力中陸續倒下。

開戰的雙方不只消耗傀儡數量，還讓一心要宰殺掠顱者的王蛇倍受干擾，害得倚天從視線消失。

王蛇惱怒大吼：「滾開，礙眼的廢物！」

隨著王蛇怒吼，幾隻特別的傀儡衝向面前的閻山組，胸前預先纏綁的遙控炸藥閃爍危險的紅光。

傀儡炸開。

飛濺的屍塊包含傀儡與活人，現場煙硝瀰漫，燃起更多災難的火焰。

王蛇扔掉對應的炸彈遙控器，掏出手槍，藉著火光搜索掠顱者的蹤跡。

躲在辦公室的 Miss S 等人目睹一切，都不明白王蛇從哪弄來這麼詭異的助力？那些似人非人的傀儡究竟是什麼東西？

Miss S 首先回神，立即催促：「就是現在，王蛇壓制住他們了，我們要立刻離開。」

「外面那些東西怎麼辦？」John 叔指著零星徘徊在辦公室外的傀儡。

武當隨即說：「我去確認。」

武當打開辦公室，逼近其中一名傀儡。

傀儡毫無反應，武當舉掌拍下。傀儡被他重重打退，眼耳鼻口都冒出血來。其他鄰近的傀儡依然呆滯，沒有攻擊掠顱者。不被王蛇驅使的傀儡，不過是罰站的墓碑罷了。

武當仍然保持戒備的態勢，對辦公室內的三人點頭。

John 叔率先跑出，偷偷摸摸經過一具傀儡身後，彎腰鑽進計程車裡，將車發動。傀儡對引擎作響的計程車同樣毫無反應。

Miss S 與阿倪隨後溜出辦公室，繞過發呆的傀儡，接連進入計程車後座，殿後的武當最後跳進副駕駛座。

「怯鷗大叔呢？」阿倪問，Miss S 同樣留意。

在這樣混亂的場面之中，早已失去怯鷗的身影。

「他說過不用算上他。」Miss S 冷靜又冷血地判斷：「這是他的選擇。John 叔，麻煩開車。」

「坐、坐穩了！」John 叔緊張得心臟砰砰跳，當計程車司機載客那麼多年，這樣的逃亡之旅還是頭一遭。

John 叔踩下油門，計程車瞬間暴衝，輾過燃燒的傀儡屍塊，還另外撞飛兩具傀儡。

「抱歉！啊！」John 叔轉動方向盤，計程車拐了個大彎，衝向加油站出口。

「趴下。」武當示警，其他三人接連伏低身體，陸續有流彈打在車窗與車身上。

「我的小黃啊！」John 叔哭喊，為了躲避亂飛的子彈，他的臉幾乎貼在方向盤上，只能勉強看路。途中不只撞倒傀儡，還把負傷倒地的閻山組一併輾過。

橫衝直撞的計程車竄出加油站，路況終於平穩，時速得以拉高，不斷背離加油站駛遠。

王蛇注意到逃跑的計程車，知道是 Miss S 等人，沒有讓傀儡攔阻。

一名自由獵鷹小隊的士兵要對計程車出手，王蛇搶先扣下扳機將之射殺，繼續在火海與屍堆中尋找掠顱者。

此時倚天被傀儡團團包圍。這些外觀與人類無異，卻因為感染「變種淨土」而成為人不像人的詭異存在，讓倚天驚慌害怕。

更恐怖的是明明遭到劍指封喉，傀儡只會噴血，卻不會死去。

嚇壞的倚天忘記能斬斷手腳阻止傀儡行動。在一雙雙讀不出訊息與情感的茫然注視中，倚天抱頭跪下，嚎啕大哭。

「不要過來、不要過來！」掠顱者哭得狼狽，滿臉眼淚鼻涕。

這些傀儡接連伸手，抓住倚天的頭髮臉孔頸子肩膀腰間雙臂雙腿。「放手、放手……嗚啊，我要我的劍！放手！」

倚天被傀儡們緊緊抓著，一隻又一隻疊了上來，壓得他雙腿發抖，快要無法承受這些重量。呼吸的空間更是被大副縮減。

倚天呼吸困難，逐漸乏力。

在意識混亂恍惚的同時，他突然想起屠立委的話。

——你有沒有想過，你找不到，是因為那把劍不存在。或者該說，你就是那把劍？

聽到這番話的當下，倚天只有錯愕，從未想過這種可能。

他從來都只有一個念頭，找出不存在卻極度渴望入手的那把劍。真正的渴望，從每個細胞每根毛髮每塊血肉乃至靈魂的最深處。

倚天就是想要那把劍，當下不能明白屠立委的意思。

他以為只有獲得那把劍，才能讓自己完整，才能填補掠顱者與生俱來的孤獨與不安，弭平所有的缺陷。

——你叫倚天必然有意義。我要你做我的劍。

我，就是那把劍？一個從未想像過的念頭在倚天心中迸發。

剎那間倚天不再恐懼，所有害怕煙消雲散。

倚天感到前所未有的飽滿。手臂一翻一抽，掙出傀儡的掌握，隨即取出藏在懷中的斷劍。

這是從屠立委的祖父那間收藏小屋取來的，是被倚天親手折斷的劍之一，因為過於懊悔不捨，便帶在身上。

倚天扯開裹住斷劍的布條，露出只剩短短一截的劍身。

這樣就足夠了。

倚天握住斷劍，掌心是未曾有過的踏實。

一道肉眼難辨的寒芒閃過。傀儡被攔腰斬斷，蓄滿鮮血的皮囊爆開，灑了倚天滿身溫熱血液。

倚天閉眼，斷劍揮舞的所及之處皆被斬裂。

劍在跳舞，掠顱者在血中跳舞。

倚天踏過四散的屍塊，迎向尋獵他的復仇者。

王蛇與倚天面對面，中間隔了好一段距離，還有好幾隻傀儡。

被驅動的傀儡拔腿狂奔，衝向掠顱者。王蛇啟動遙控器，傀儡接二連三引爆。被仇恨怒火沖昏頭的王蛇毫無節制，就連不在倚天面前的傀儡也跟著引爆。

王蛇咬牙，目睹人劍合一的倚天輕易斬殺傀儡群。

王蛇不停開槍、開槍。

倚天不停閃避、閃避。

忽然強光與劇烈的嗡鳴從王蛇身上迸發，是當初對付崆峒的閃光彈突襲。

王蛇在強光中獰笑，帶著捨身的決意要按下最後的遙控器。

這是王蛇趁著傀儡引起混亂時安裝的炸藥，威力與綁在傀儡身上的不同，只要成功引爆便會引起連鎖的爆炸。到時候整座加油站都會炸掉，沒有人能活下來。

一切都是為了與倚天同歸於盡。王蛇沒有繼續活下去的意願，不怕死的瘋子最是恐怖。

就在王蛇要引爆炸彈的瞬間，一柄斷劍迅速斬落。

一隻帶血的斷掌跟著落地，來不及按下的遙控器被血浸染。

王蛇驚愕瞪眼。

那柄斷劍順勢上撈，連著倚天的手臂貫穿王蛇胸口。

閃光彈炸裂的強光終於散去，王蛇復仇的希望一併消散無蹤。

倚天抽出手臂，帶起一道血柱，在王蛇胸膛留下透風的血洞。出手之迅速，即使傀儡群全都停止攻擊閻山組，轉頭奔向此處，都來不及保護王蛇。

復仇未果的王蛇仰頭倒下，一雙眼還死死睜著。

倒臥血泊中的王蛇只能眼睜睜看倚天走遠、只能發出悔恨的吼叫。

這是王蛇有記憶以來唯一一次哭泣。

「我要殺了你！殺死你啊！」

王蛇僅存的意識在崩潰的哭罵中越來越微弱。

在王蛇眼前的所有畫面歸於黑暗之前，一個倉促狼狽的身影闖了進來。

雙眼都是血絲的怯鷗崩潰哭吼：「呀啊啊啊！」

怯鷗搶走王蛇斷掌所握的遙控器，在倚天詫異回頭的同時，這個膽怯的、已然失去求生意志的傭兵做了此生最大膽的舉動。

怯鷗按下引爆開關。

沖天的蘑菇雲照亮夜空，噴出巨大的火球。

死亡的黑色焦煙接著覆蓋夜空。加油站陷入失控的烈焰之中，一切都被惡火與爆炸吞噬。

成功逃離的計程車發現加油站爆炸，車上四人都回頭看著焦煙瀰漫的恐怖夜空。

「那個漁夫帽變態跟怯鷗大叔是不是都……。」阿倪失聲問。

「都是他們的選擇。」Miss S 只能如此回應。

注意到爆炸的不只是 Miss S 一行人。

一隊白色悍馬車車隊停下，「審判日」的士兵們抬頭眺望那宛如厄運降臨的災難景象。

其中一臺悍馬車上，是親自率隊追捕抗體的 Dahlia 與麒麟。

二十二　麒麟之二

計程車通宵行駛，天色由黑轉白，車上無人說話，各有不同心思。

暫時的安全 Miss S 讓腦袋放空，望著車窗外，逐漸發現周邊景象越來越熟悉。

後來，她甚至看見老家。

黎明前夕的老家是那麼昏暗，失去大半光芒，像遺落的髒石塊。

窗戶不見那些整天亮著的紅蠟燭燈泡，Miss S 不確定迷信的父親是否依然天天念佛。她很久、很久沒與家人聯絡，更遑論回家了。

諸多感受難以形容，Miss S 忽然在想，隨著病毒肆虐，父親、母親、失去一顆腎臟所以長年臥床的兄長不知道如何了？

Miss S 收回視線，看向身旁的阿倪。

Miss S 揉亂阿倪的頭髮，引來這個孩子的抗議：「大姊姊，妳幹麼啊？嫌我頭很油嗎？我又不是自願不洗頭的，是沒有機會洗！」

Miss S 忍不住輕拍阿倪的頭，隨即再看著車外，嘴角微微揚起。

——這才是她的選擇。

——她終究做出了選擇。

「妳笑什麼啊？有什麼好笑？」阿倪不肯服輸，戳了 Miss S 的肚子。怕癢的 Miss S 身體一震，得逞的阿倪大笑：「原來妳怕癢！」還作勢要再戳。

「不好意思打斷妳們。但是車子好像不太對，最好停下來檢查。」John 叔說。

「現在？」

「對，趁出車禍之前。行車安全最重要，我還載著你們。我的職業道德不容許發生車禍啊。」John 叔篤定點頭。

「檢查需要很久時間嗎？」

「以我這麼多年的駕駛經驗，當然不用！」

「好吧。」

計程車在路邊停下，武當照慣例先下車，巡視一圈確認安全無虞，才讓其他人下車。John 叔心疼地撫摸撞出大大小小凹痕的引擎蓋，嘆氣後掀開，確認內部是否損壞。

武當眺望道路前後，監視所有動向。前後無人無車，只有一望無際的柏油路，以及錯落的水泥建築與綠地。

淡薄的晨光落下，天色漸亮。

夏季清晨的風是涼爽的，拂動武當的亂髮。

武當捧起長度及胸的髮絲，慢慢往腦後束攏，久違地露出完整臉孔。

此時此刻他的眼神是清亮的、淡漠的，內斂得讓人無從察覺思緒。

武當把頭髮紮好，隨後閉眼，感受涼風掠過臉頰，搔過耳畔。有莫名的新生感。

他看往道路盡頭，那裡空蕩蕩的沒有動靜，只有視線中凝縮的小小一點。

「倉庫大叔，你在看什麼？」

阿倪好奇地問。

Miss S 警覺詢問：「又是追兵？」

「還不確定。」武當一直盯著道路的盡頭。

這種感覺跟被昇龍、降虎追獵時極為相似。雙胞胎已經死了，被武當親手殺死，所以不可能是這對兄弟。掠顱者再強大，也沒有死後復生的本領。

武當知道答案。

「都是因為我身上的追蹤器嗎？」阿倪沮喪地問。

「不是妳的錯。」Miss S 說。

武當亦重複：「不是妳的錯。」

「你看起來不太一樣？」Miss S 敏銳察覺到掠顱者的變化，但無法仔細說明何處不同，只覺得跟過往相比判若兩人。「不是指你的頭髮，不是這個。」

「我也覺得自己變了，可是不知道哪裡不一樣。」武當遲疑地問：「這是好事嗎？」

Miss S 想起被她視為導師的貓頭鷹。「有一個人跟我說過，生命是不斷流動的過程。這無關好壞，你的變化是自然而然的。或者該說遲早會發生的。」

「我還是我嗎？」武當不明白。

「你為什麼會不再是你？」Miss S 反問。

武當更加疑惑，無法回答。

「你依舊是殺人輕鬆不費力的掠顱者，也是當初仁慈放過我的武當。更是幫助我跟阿倪逃出『審判日』的救命恩人。即使對你的認知在改變，但不會影響你是武當的這個本質。你還是你。」

「你就是倉庫大叔啊。」阿倪歪著頭打量，看得相當仔細，好像要望穿每一個毛孔。「嗯我是看不出哪裡不同，不過頭髮綁起來好看多了，比較不像流浪漢。啊，衣服還是換掉比較好。」

「我不太懂挑衣服……。」

「我可以幫你挑啊。我的眼光跟班上的白痴同學不同，他們不是亂穿夜市成衣，就是買又貴又難穿的潮牌。一群白痴。」阿倪照慣例數落班上同學。

阿倪跟 Miss S 說的都是真誠的話語，不帶一絲偽裝。武當聽得出來。一種陌生的、稀罕的感激之情慢慢浮現，讓武當不知所措。

「倉庫大叔你還記得嗎？之前不是聊到你可以當農夫種花嗎，你找一些興趣應該會比較開心吧？你看像大姊姊養魚也很開心。」

「妳要武當種花，要我養魚，那妳要做什麼？」Miss S 問。

「我負責監督你們有沒有偷懶啊。」

「死小孩！」

忽然有銳利的壓迫感遠遠威逼過來，中斷武當的思緒，就此戛然而止。

「來了。」

武當知道遲早要來，但沒料到那麼快。

路的盡頭有什麼在接近。像刀。要斬開一切的凶刀。

白色悍馬車車隊從道路的盡頭接近，紅色的大理花圖騰像血般烙在車上。

武當凝縮雙瞳，看清楚車上的人——

分別是有著燃燒般豔紅髮色的女人，以及戴著獸齒面具的相似同類。

「你們先走。」武當果斷要求。

「你要一個人留下？」Miss S 詫異武當突然的要求。

「倉庫大叔你在耍酷嗎？一起走啊。」阿倪拉住武當，「不然我們可以在這裡看你把那些人打倒啊。你不是什麼獵顱、喔不對，掠顱者嗎？對你來說很簡單吧！」

武當搖頭，這次不一樣。

John 叔放下引擎蓋：「隨時可以出發。武當不走？」

「先走。我會跟上。」

「真的嗎？」阿倪還是拉著武當不放。

Miss S 同樣不放心，即使武當非常強大，但是要獨自面對 Dahlia 率領的麒麟與「審判日」……

「我把所有人都解決，問出要怎麼循著追蹤器找到阿倪，就可以跟你們會合。」武當說。

「沒想到追蹤器可以這樣用……倉庫大叔你要保證喔！會合之後我跟你一起找盆栽！」

「我保證。」武當輕輕掙開阿倪，來到道路中央。

白色悍馬車隊朝此處急駛過來，要劈裂一切的威壓感更加強烈，令武當呼吸一滯。

「走。」武當頭也不回地說。

「倉庫大叔！」

「武當有他的打算。」Miss S 喚住阿倪，能理解掠顱者的決意。

「可是……。」

本來打算保持沉默的 John 叔這時插嘴：「走吧，在這邊會妨礙他。武當啊，帥氣打一架吧。」

望著堅決留下的武當，Miss S 欲言又止，這種時候還能對掠顱者說什麼？本來就孤獨的武當現在又是獨自面對，背影看上去越加寂寞。

Miss S 輕輕嘆氣：「你要跟上。」

「倉庫大叔，說好了，你一定要跟上喔。」才剛鑽進車內的阿倪立刻降下車窗，既擔心又不捨。

武當沒有回頭。

來襲的「審判日」讓他沒有回頭的餘裕。

計程車駛離現場，白色悍馬車隊沒有追上去，反倒在武當面前陸續停下。

麒麟躍下車，右手按住腰間懸著的砍刀。

發現加油站爆炸後，Dahlia 便沿途搜索，還出動大量空拍機，捕捉到唯一還敢在路上行駛的計程車，追了過來。

「果然是你協助 Miss S 與抗體逃走。」開口說話的是 Dahlia，「你要成為我的阻礙嗎？」

武當不答。

「真可惜，你做了錯誤的選擇。」Dahlia 拿出一個針筒，裡頭是濃縮得幾乎成為黑色的液體。

這是從掠顱者計畫提取的藥劑，可以大幅提昇身體素質。Dahlia 手中的針筒是加倍濃縮版。

她把針筒插入麒麟手臂，一次推到底。

麒麟毫無反應，沒有痛覺的他不會感受到藥劑帶來的痛苦。

儘管麒麟是前置試作品，比不上真正的掠顱者，但身體素質依然遠勝正常人類，因此施打濃縮藥劑並不致命，還能享受其帶來的增強效果。

「嘶——」麒麟的肌肉發脹，浮出密密麻麻的血管。

他站到武當面前。

掠顱者與試作品首次面對面，無須言語，雙方都明白各自立場。眼下只有唯一一種展開。

——殺死對方，至死方休。

武當雙臂輕攬，姿態彷彿懷中抱月。

麒麟橫舉砍刀，騰騰殺意誓要將眾生斬於刀下。

天邊有升起的朝陽，明亮的陽光落在對峙的兩名非人怪物身上，在腳邊拉出淡薄的斜影。

吹拂的風緩緩停了。

一切靜止。

就在瞬間，麒麟連人帶刀奔出，砍刀的鋒刃劃過武當臉頰。

武當瞄了近在臉旁的砍刀，眼睛眨也沒眨，伸手一托，拍開麒麟的持刀手。

麒麟借力躍起，人在空中轉了半圈，挾著離心力與墜勢向武當重劈。

武當閃過，砍刀驚險擦過鼻尖。他沉穩不驚，蓄勁在傾刻間完成，齊出的雙掌把麒麟震退。

退開的麒麟吐出大口濁氣，調整呼吸。雙方神情鎮定，既不見麒麟驚慌，武當也沒因為攻擊命中而以為占了優勢。

雙方都是沉默的，唯有腦中清晰的念頭——殺死眼前這個跟自己極為相似的存在。

兩名非人怪物再次對峙。

蟬鳴漸響。

武當率先發難，每一掌都蘊含深沉強猛的勁道，挾著能使內臟破裂、骨骼碎斷的掌勁。

麒麟一次次避開武當的進攻，一次次還擊。武當一再預判麒麟揮刀的軌跡，讓砍刀一再落空，至今未曾見血。

他們冷靜且安靜地廝殺，刀刃揮舞，拳掌交錯。浪潮似的蟬叫淹沒刀刃劃破空氣的風切聲，掩蓋拳掌厚沉的悶響。

晨起的朝陽不斷攀升，帶動溫度升高。炎夏的熱浪包圍纏鬥的武當與麒麟。

激戰數回的雙方陡然退開，各自喘息。

武當額上有汗無聲滑落，從鼻尖墜下。麒麟的白色工作服濡濕，後背布滿成片汗漬。

「為什麼保護她們？」麒麟突然問。

「為什麼傷害她們？」武當反問。

「跟你的原因一樣。」

「這次不一樣。」

武當稍稍回頭，望著遠處。那是約定好的人離去的方向。

麒麟沒有趁機偷襲，在等一個答案。

這個答案只有面前的武當能給。在麒麟眼中，武當異常強悍，卻不帶一絲殺氣，而是平靜自然，如溪流，如風拂。

「瘋癲成魔」的武當已經不再為殺而殺。

「這次有人等我回去。」

二十三　武當之三

麒麟與武當對決之際，另一隊人馬從道路現身。

這是自由獵鷹小隊與永生樹僱傭兵的聯合部隊。在松雀失去聯繫後，剩餘的僱傭兵全部聽從屠立委的指揮，與自由獵鷹小隊聯手搜捕抗體。

依靠偵測儀顯示的位置，僱傭兵們與自由獵鷹小隊沿途搜索抗體的移動路線。他們所駕駛特種突擊車形成一列黑色車隊，此時遭遇「審判日」與武當。

「審判日」亦注意到這支聯合部隊。

作為搶奪抗體的競爭者，Dahlia 不可能放過僱傭兵與自由獵鷹小隊。

「麒麟要忙，我也不能閒著。這些阻礙都要剷除。」Dahlia 對「審判日」的戰士們打了信號，全體立刻進入備戰狀態。

其中一名戰士在 Dahlia 的示意下，扛起火箭筒，遠遠招呼。

一臺自由獵鷹小隊的特種突擊車被擊中，整臺車燃燒起來，失去控制拐了大彎，撞翻另一臺特種突擊車。著火的士兵紛紛跳車，在地上打滾哀號，慘遭後方閃避不及的同伴車輛輾過。

「再來。」Dahlia 命令。再一發火箭筒砲彈發射，又炸翻一臺特種突擊車。

特種突擊車上的士兵操作機槍反擊。Dahlia 也跳上白色悍馬車操作機槍，雙方駁火。

麒麟為了支援 Dahlia，攻勢不斷搶快，更加凶猛狂暴，急著斬殺武當。

武當卻是故意打慢。能夠把這些人都絆住，反倒有助於阿倪等人逃跑。

武當不斷以閃避周旋為主，或迴避或架擋，讓麒麟的砍刀一再砍空，打得麒麟煩躁不堪，發出陣陣暴怒吼聲，唯一的一隻眼睛都快瞪出血來。

無法感受到疼痛的麒麟放棄防禦，採用捨身攻勢，簡直是要拉著武當同歸於盡。武當不隨他起舞，過去那個號稱「瘋癲成魔」的掠顱者此時異常冷靜。

另一邊的雙方持續激戰，Dahlia 扛著衝鋒槍，率領「審判日」殺敵。她的槍法精準，眨眼間幾名僱傭兵中彈，捂著冒血的彈孔摔倒

轟隆隆的螺旋聲壟罩天空，一臺黑色的武裝直昇機朝此處飛近，搭載的飛彈直接射出，炸飛「審判日」幾臺悍馬車。Dahlia 也受了爆炸波及，摔下悍馬車。

Dahlia 遇襲讓麒麟分心，也在這瞬間，武當一掌重重打在麒麟的心口。

即使沒有痛覺也缺乏大多數的情感，這名掠顱者的試作體仍有掛心的事物。

麒麟的獸齒面具溢出血來，為白色工作服新添更多紅漬。他沒有舉刀砍向武當，而是撇下與武當的對決，扭頭奔向 Dahlia 那處。

麒麟在途中搶過火箭筒，無視槍林彈雨衝向直昇機。有僱傭兵發現他的意圖，試圖阻止，卻被他一刀砍殺。

麒麟扛起火箭筒，對著武裝直昇機發射。

武裝直昇機在空中炸出烈焰，搖搖晃晃墜落，砸爛一臺特種突擊車，掀起焦煙與焚起的大火。

麒麟隨即回頭，在混戰中找到 Dahlia。

「別擔心，我完全沒事。」負傷的 Dahlia 迅速處理傷口，重新整備後大喊：「為我開路！」

Dahlia 扛起衝鋒槍率隊衝殺，麒麟沿途為她以鮮血和死屍鋪路，斬飛數顆頭顱，不斷留下滑膩血跡，更以無法感受疼痛的肉身為 Dahlia 阻擋槍擊。

自由獵鷹小隊則是仗著精良的裝備與火力，與剽悍的「審判日」互有往來。雙方人數在混戰中不斷削減，地上屍體的數量持續增加。

武當沒有坐等雙方分出勝負，不斷來回突入戰圍，逮住機會擊殺敵人。

對於武當而言，不管是「審判日」或是自由獵鷹小隊與僱傭兵的聯軍，全部都是會威脅阿倪與Miss S的存在，唯有擊敗這些人才能保護她們的安全。

隨著「審判日」、僱傭兵與自由獵鷹小隊不斷有人死去，武當逐漸不再留力也不再周旋，一掌又一掌把面前的威脅一一拍死，直到與麒麟再次對峙。

終究要有一方死去，這場戰鬥才算結束。武當明白，麒麟亦是沒斬殺武當不會罷休。

掌對刀，掠顱者再次對上試作品。

最終的對決還未展開，武當與麒麟不約而同看往道路盡頭。

更多黑影冒了出來，更多的特種突擊車載來更多的黑衣士兵，全是自由獵鷹小隊的增援。伴隨螺旋槳的轟鳴，兩臺武裝直昇機緊接著出現，往此處疾飛。

「殺死他們。」Dahlia知道無路可退，也不願撤退。

聽從命令的麒麟不再執著與武當的戰鬥，拖著染紅的砍刀來到Dahlia的身邊，與她並肩而立，看向宛如浪潮湧來的黑色敵軍。

「審判日」的白色戰士在指揮官的帶領下，全員進攻。

武當同樣義無反顧，要在這裡消滅所有的追兵。

為了尋覓管理者的蹤跡，放棄養傷的掠顱者獨自來到荒廢的城，在大批民眾遭到「變種淨土」感染後，已經空無一人。

峖峒穿著全套的防護衣，防止感染也藏住一身傷口。

她知道松雀最後要去的地方，也往那裡而去。

沒有了人類的聚集，城市的鳥鳴放肆起來，交織成覆蓋整座天空的網，在空蕩蕩的街與路之間吵鬧盤繞，一再擾亂峖峒的思緒。

眼前的路不見盡頭，也還沒看見松雀。峖峒只能走、一直走，直到發現她苦心尋覓的人。在場還有幾名僱傭兵，全都倒臥在地。

峖峒愕然站住。

即使距離如此接近，她卻聽不到任何心跳聲，感應不到情緒與體溫。

峖峒拖著滿是傷的身體奔向松雀，還未完全癒合的傷口再次綻裂滲血。

她終於來到松雀身邊，看見防護服透明面罩下的發紫臉孔，以及閉緊的一雙眼。

峖峒不能明白，為什麼松雀會是這個樣子？她的自我欺騙構築了這份不明白，如此脆弱的謊禁不起一點風吹草動。

峖峒在松雀的屍體旁跪下，凝視他、撫摸他、呼喚他。

在失控的尖銳鳥鳴之中，傳出掠顱者的號哭。

崆峒趴在松雀屍體上哭泣，頭抵著他的胸膛，想像每次被他撫摸髮叢。他嚴厲卻也溫柔，背負不讓他人知曉的仇恨與野心，卻把一切都與她分享。

她哭得崩潰、哭得嗓子都啞掉……

最後崆峒勉強挺起身體，五指彎曲成爪，毫不猶豫地往自己的心口抓落。

滴滴答答、滴答……

心碎的崆峒搗破了自己的心臟，讓溫燙的血落在發冷的屍身。

崆峒再次伏下身，雙臂環繞松雀，臉枕在他的胸膛上。

她用自己的血去溫暖他。不能再為他所用，她也不願獨活。

鳥鳴與日光從崆峒的世界被抽離。

她逐漸變得跟松雀一樣冷，與松雀的回憶為她帶來最後一絲暖意。

血緩緩流盡。

殘存的闇山組逃回據點。

闇山組參與了加油站獵捕阿倪的行動，在遭遇傀儡大軍襲擊，然後發現傀儡的異狀之後，這些黑幫分子失去戰意，不斷慌亂開槍、盲目尋找生路。

最後只有兩名闇山組僥倖逃離，得以向屠立委報告慘烈的戰況，以及傀儡的異狀。

屠立委憤怒斥責，沒想到花費多時拉攏收買的人手，就這樣近乎全滅，連美國專門派來的自由獵鷹小隊也死傷慘重。

這兩名閻山組在報告之後，忽然動也不動，雙眼茫然發直，無論屠立委如何喝斥、甚至出手拍打都毫無反應。

屠立委還不明白，這兩名閻山組因為與傀儡接觸，所以感染「變種淨土」，此時已經發作，變成傀儡化的狀態。

這個野心勃勃的政客也因此遭受感染，所有以陰謀構成的權力藍圖都將澈底終結。

二十四 舊樂園

蟬鳴與不斷燃燒的劈啪聲。

灼燙的烈陽下是遍地屍體與翻覆的車輛，被火團裹住的武裝直昇機升起沖天的黑色焦煙。

特種突擊車與白色悍馬車彷彿棋盤上錯落的黑子與白子，隨著指揮官與士兵死盡，這場棋局總算結束。無人生還，無人得勝。

雙眼緊閉的 Dahlia 橫躺在麒麟身上，那頭鮮艷如燃燒的紅色頭髮融入血泊。麒麟手握的砍刀斷折，另外半截刀身插在武裝直昇機上。

打出最後一掌，武當眼前的自由獵鷹小隊發出絕望的骨裂聲，毫無懸念地當場死亡——武當終於擊敗最後的敵人。

武當垂下雙臂，紮起的頭髮全部散開，亂髮覆蓋他的臉龐。

渾身布滿彈孔與鮮血的武當忽然跪倒，膝蓋撞在發燙的柏油路上，發出好大的聲響。

力氣放盡的武當感覺不到痛楚，全身上下數不清的傷口，以及大量流失的血液讓疼痛都麻痺了。

他只掛記一件事。

跪地的武當緩緩回頭，再次看往阿倪與 Miss S 離開的方向。

他只能看著，失卻站起的力氣，呼吸越來越微弱。

灼眼逼人的陽光照得所有影子都要消失，但武當的眼前只剩揮散不去的濃密深黑。

武當想著終於與她們會合……有人跟他說話了。

想著想著，滿足的武當緩緩垂下頭。

氣力放盡的掠顱者心跳驟止。

踉蹌滾地的王蛇驚慌抬頭，一抹溫熱的紅落在他的臉龐。

王蛇清楚看見了，那對綠眸中捨身的決意。

「峨嵋！」

在王蛇混沌黑暗的腦海中，浮現與峨嵋的死別。

懷著朦朧的意識，王蛇逐漸復甦。睜眼所見是刺眼的晴朗藍天，以及在身邊的層層黑影，黑影之間的縫隙連光都無法穿透。

王蛇瞇眼細看，知道這些都是傀儡。

在爆炸的當下，傀儡群立刻環繞成牆守護王蛇，成功讓他存活下來，還保留數名傀儡。

「又是這些鬼東西……。」

異常虛弱的王蛇暫時躺著，一時沒有力氣作多餘動作，只能像灘爛泥不動。乍醒後恍如隔世，在這之間他思考很多。

王蛇不能理解發生什麼事？在被倚天重創的當下便知道這種傷不可能活。即使現場急救並做出最完善的處置，生存機率依然為零。

為什麼還能活著？這一切不像作夢，實在過於真實。

還有那場恐怖的爆炸，整座加油站都化成廢墟……王蛇沒想到能在這種規模的爆炸中存活。

又經過一段時間，王蛇總算能遲緩坐起，低頭審視在意的致命傷。破開的衣服浸滿暗褐色的血漬，全都是從胸口擴散的。

——血洞不見了。

竟然癒合了？王蛇無法置信。

取代穿胸血洞的是光滑的新生皮肉。王蛇急著伸手確認，舉起的卻是缺了手掌的斷腕。

被倚天斬斷手腕的那幕在王蛇的腦海重現。就差那麼一點，只要按下按鈕便可以跟倚天同歸於盡……最後竟是讓怯鷗引爆。

當初王蛇為了逮到倚天，便向怯鷗透露峨嵋的死訊，讓打算尋死的怯鷗留下一絲執念。

在命運錯綜複雜的作弄之下，王蛇終於逮住復仇的機會，在最後關頭還一度失敗。

「沒想到是這個膽小又神經質的傢伙弄死掠顱者……我真是沒用的廢物，連按鈕都不及按。」

王蛇這時候才明白，原來最懦弱的人在最不怕死的時候，就是最勇敢。

王蛇全身盜汗，不斷喘氣。發現光是坐著跟舉起手臂就相當吃力。他硬撐著，勉強用完好的另一手去觸碰，胸前癒合的傷口光滑而且厚實，還摸到確實的心跳。

是「變種淨土」在作怪？

雖然肉體虛弱，但腦袋依然正常運轉，王蛇迅速做出整理。

先前他就察覺到自身擁有超凡的自癒能力，故意拿峨嵋的鐵籤刺掌心時才會快速復原。沒料到致死的傷也能修復，甚至重新復生。

王蛇被倚天斬下的手掌雖然沒有復原，但是斷腕已經癒合止血，甚至正在生長，或許過一段時間，手掌便會重新長出？

原來是有優先修復致命傷的順序？王蛇猜想，現在體力如此虛弱，恐怕不只是死後復甦的關係，可能還因為耗用體內大部分能量進行傷口重建的緣故。

太可怕了。即使是最殺人不眨眼的王蛇也會因此感到恐懼，不明白體內的「變種淨土」究竟進化成什麼樣子？

王蛇的表情突然黯淡，想著若是峨嵋在這裡有多好，可以跟她一起猜測「變種淨土」的祕密。更重要的是能聽到她的聲音。好想聽她笑，好想跟她鬥嘴。

王蛇閉起眼睛，用完好的那隻手拿出珍惜藏起的鐵籤，緊緊握在手裡。這是他最後能擁有的東西。他真想就這麼一直墜入回憶不動。

殺心再度燃起，刺激王蛇確認仇敵的死狀。

王蛇吃力地站起，命令傀儡讓出一條路，讓他能夠環顧焦黑殘破的加油站。遍地盡是散落的殘骸還有無數焦焚的屍體，混雜傀儡、閻山組與自由獵鷹小隊。

虛弱的王蛇在屍體堆裡來回翻找，終於發現倚天的斷劍，隨後再找到倚天的屍體。

望著面前漆黑的焦屍，王蛇心亂如麻腦袋空白，沒有解脫感也無任何快意。畢竟不是他親自殺死倚天，而是藉由怯鷗的手。

王蛇發愣幾分鐘，突然伸腳踩踏倚天的屍體。一次又一次踩踏，用僅有的力氣去羞辱這個奪去他摯愛的瘋子。

隨後脫力的王蛇一屁股坐倒，對著天空淒涼大笑。笑著笑著就流出淚來。

他實在太想念那個綠眼少女。

好想好想她。

「夢見妳走向泥濘的我，用力擁抱我……。」王蛇莫名地想起這句歌詞，哽咽地哼了起來。

這一哼，王蛇忽然暈厥倒地。才剛復甦的他極度虛弱，因此昏迷。

等到再次甦醒之時，王蛇發現所見的黑色夜空遍布數不盡的閃爍銀點，密集如細砂灑落，彷彿隨時會有星星被擠下，化成墜落的流星。

王蛇沒心情欣賞，知道該上路了。

又一次搜索屍體堆，王蛇總算撿到一把還能使用的槍。他心想就算「變種淨土」會再生又如何，腦袋被轟爛要怎麼自癒？

死意堅決的王蛇才剛舉起槍，還來不及對準自己的腦袋，周遭的傀儡忽然有了動作，一個接一個上前抓住他的手，還有傀儡直接奪槍。

「你們這些鬼東西在幹什麼！」

傀儡群木然的雙瞳全都望向王蛇，無聲對他訴說尋死是不可能的。

「夠了，真的夠了！」被傀儡壓制的王蛇怒吼，奮力拉扯手臂，要奪回自殺的主導權。

王蛇絕望地發現這些掙扎都是徒勞無功。

掙不開、根本掙不開傀儡。

王蛇只能無助嚎叫。

「讓我死、殺了我！讓我死一死……峨嵋！」

二十五　新世界

武當一直沒回來。

Miss S 與阿倪、John 叔等了一天一夜，都不見掠顱者平安歸來的身影。

車上開始蔓延另一種沉默，與沒心思接話不同，是挾著哀傷與擔憂的沉默。

「倉庫大叔會不會有事？」阿倪還是忍不住先說話。

「武當他……非常強大。」Miss S 脫口的剎那便發現自己的語氣是那麼不確定。

為了消除阿倪的擔心，Miss S 鎮定後繼續說：「記得我提過與武當有淵源嗎？我親眼見識過他的本領。不用擔心，他會沒事的。」

「真的嗎？」

「真的。」

Miss S 說歸說，同樣心繫武當的安危。

雖然最初在器官交易這門生意上與武當有所衝突，導致折損好幾名手下，但是實際接觸這個孤獨的掠顱者之後，Miss S 有不同的想法。

就跟當時還在從事器官交易的 Miss S 一樣，武當與她都是替人辦事的工具罷了。性質相同，只是立場上有衝突。

沒有執行命令、不被驅使的武當是很單純的人。

單純到令 Miss S 無法討厭他，甚至是開始同情。

不知道為什麼，Miss S 突然想起熊叔。如果這個戰鬥狂還在的話，沒有各司其主的立場，一定能跟武當打成一片，天天切磋比試也不一定。

「能不能回頭看看？」Miss S 脫口問。

「我說過我要回老家，順路載你們而已。」John 叔自顧自開車。

「司機大叔！」阿倪才想要爭執，譴責 John 叔怎麼這麼無情，結果計程車突然轉彎，仗著馬路上沒有其他車輛，直接在雙黃線迴轉。

Miss S 跟阿倪都很驚訝。

「說過是順路載你們。這裡的你們是包含武當在內的三個人，少一個都不行。」John 叔拍拍方向盤。「這是我的職業道德。」

「司機大叔，這段話你想多久？」天生就有吐槽魂的阿倪依然不留情面。

「從跟武當分別的時候就開始想了……。」John 叔戰戰兢兢，對於接下來要收到的評語既期待又怕到傷害。

「可以當你的生涯代表作了。」阿倪像個小大人苦口婆心地叮嚀：「不要再講冷笑話了，現在這個風格帥氣很多。」

「這、這樣啊。」John 叔的笑容極其苦澀，有不被人所知的辛酸。

計程車循原路返回。這次速度快了許多，車上的三人都為武當掛心。

望著同樣的路線但不斷倒回的風景，疲累的阿倪想睡了。她勉強撐起眼皮，不讓睡意得逞。

阿倪搖搖晃晃的，這次的疲憊好奇怪，過去從未體驗。是一種好深沉、好鈍重的奇妙倦感……

阿倪不斷打盹的模樣被 Miss S 發現。

「先休息吧。」Miss S 差點打了呵欠，她也非常疲累。

阿倪搖搖頭，逞強地說：「想見到倉庫大叔再睡。」

「我會叫醒妳，不用擔心。」

「真的嗎？這樣真的好嗎？」阿倪覺得留武當拚命斷後，自己卻在車上安穩睡覺很不心安。

「妳要睡飽才有力氣跟武當說話。他需要這個。」

「對喔……好吧。我一定要一直跟倉庫大叔說話，吵到他受不了。」阿倪撒嬌地躺在 Miss S 腿上，像隻小動物蜷縮，闔起眼睛。

異常疲憊的兩人沒發現，本來加速行駛的計程車緩緩在路中間停下，司機握著方向盤，雙眼已然渙散。

慢慢失去意識的女孩含糊不清地說：「晚安。」

跟著閉眼的 Miss S 輕聲回應。

「阿倪，晚安了。」

在灰與紅兩種色調占據的拷問室裡，赤裸的斐先生被束縛在鐵椅上。

浮出明顯肋骨的乾瘦軀體已然僵硬，四肢以及臀部的下半部都泛出紫色的屍斑。

排泄的糞便與尿液沿著椅子邊緣流淌，與斐先生腳下乾涸的血跡混在一塊。

松雀與崆峒都不再歸來，被困在拷問室的斐先生歷經時間流逝，最終活活渴死、餓死……

為世界帶來混亂的瘋狂科學家已然安分，無法再像以前激動地描繪新世界的美好模樣，只能歪垂著頭動也不動。

雖然死亡之前的過程如此漫長，也無從得知外面的世界如何變化，更沒發現「變種淨土」將推翻對新世界的一切想像……斐先生的嘴角仍然揚起，露出祥和的笑意。

他非常滿足。

在這個狂人所營造的怪誕狂想之中，新世界帶給他無比的歡愉。

謝幕

計程車停在原處不動。

好久了。

車身積累厚重的灰塵，掩蔽全部車窗，拒絕了外面所有的光。

車裡，曾經與傀儡接觸的她們都遭受感染，做起只有感染者知曉的夢。

表情木然的阿倪做了夢，喪失所有情緒的 Miss S 也做了夢。

好久好久、好久好久。

兩人陷入一樣的夢。

那是一場虛無漫長，沒有終點的夢境。

要洗去舊有秩序，讓新世界降臨的「淨土」仍在蔓延。

「變種淨土」所產生的傀儡群同樣不斷擴散，規模以恐怖的速度增長。

不只健康的人類難以倖免，「變種淨土」憑著強大的位階性，竟然取代了一般感染者體內的初始「淨土」，抵銷了感染者殺害老人的衝動，還強制將其轉變為傀儡。

化成傀儡的感染者擁有同樣的表情，是無從區分的木然，全都成為活生生的假人。

除了位處傀儡群中心的王蛇。

這個「變種淨土」的宿主持續帶領傀儡群前進。所到之處無人倖免，無法抵抗「變種淨土」強大的感染力，全部變成傀儡群。

一座座城市就此廢棄，化成沒有希望的死城。

王蛇不斷前進，踏上另一趟復仇之路。

在不斷嘗試自殺都被傀儡阻止之後，王蛇改變方法，試著先殺死所有傀儡再自殺。結果傀儡簡直與他心意相通般知曉意圖，率先阻止他殘殺傀儡。

於是王蛇試圖絕食自盡。持續了幾天不進食不飲水，恍惚虛弱的他以為能順利死去。傀儡卻主動扯下身上的血肉，奉上那爛糊糊的肉塊。

沒有一個正常人類會想吃這種東西，即使是能為了生存不擇手段的王蛇也不例外。特別是他一心尋死，更不可能把這種東西塞進嘴裡，會讓堅持的絕食功虧一簣。

照理說不可能。

但是當王蛇看見傀儡獻上的肉塊，竟然感到前所未有的飢渴，不受控制地伸手拿取，瘋狂往嘴裡塞。味道明明是腥臭的，王蛇卻覺得異常美味。

恢復理智的王蛇反胃作嘔，卻吐不出那些東西。已經被體內的「變種淨土」貪婪吸收了。

王蛇好像明白了，他是「變種淨土」的宿主，這些傀儡會用盡所有方法保護他這個源頭。不使他受到傷害，也不讓他傷害自己。

他變成無法輕易死去的存在。

王蛇慌了。

這代表要一直帶著失去峨嵋的回憶活下去。

太痛苦了。王蛇死不了，要日復一日倍受煎熬……直到自然老死？他不敢有這種奢望，以「變種淨土」的自癒能力，極有可能大幅延緩老化的時間。

那會是好多年、好多年、再好多年……

王蛇的心態越加扭曲，興起強烈的報復意念。針對的對象不再是倚天了。區區的掠驘者無法承載他的恨意，何況這個舊有的報復目標早已死去。

王蛇要整個世界陪葬，要全世界的人都變成傀儡。

這些傀儡是他的復仇軍隊、他的堡壘城池、他的業障與刑罰。

眼前所及已經是不見盡頭的黑壓壓傀儡海，沒有聲息，沒有生機與希望，死寂遍布大地。

還不夠、還是不夠。

懷抱著無從宣洩的憎恨怒火，帶領傀儡大軍的蛇之王誓要令世界覆滅。

《末日森林》三部曲（完）

番外：床

當王蛇與峨嵋抵達家具賣場時，在入口迎接兩人的不是掛以親切笑容的店員，而是好幾具倒臥在門口的染血屍體，有老有少，夾雜穿制服的店員。

這景象彷彿載有屠宰豬隻的車輛不幸翻覆，滿車的豬屍就這樣四散。不過這些不是豬，而是曾經的活人。

王蛇拍拍方向盤，與副駕駛座的峨嵋互看一眼，不急著下車。

這輛車是峨嵋當初從路邊搶來的，也就是遭遇崆峒然後雙方大戰的那一天。被奪車的駕駛或警察遲遲未找上門，所以這輛車依然被王蛇霸占。

「死得真慘。」王蛇透過擋風玻璃，打量賣場外的慘況。

王蛇從海邊小屋一路開車過來，沿途見到不少打打殺殺：老人被成群野狗般的感染者當街追逐，然後被撲倒，最終遭到圍攻慘死。

本來就混亂的路況更加不可理喻，所有的交通號誌澈底淪為裝飾。

橫衝直撞的汽機車在馬路、人行道、騎樓亂竄，讓王蛇以為比起被捲進感染者引發的騷動，先被這些帶著輪子的金屬玩意撞死的機率可能更高。

「我的大小姐，這個賣場看起來不太妙。」王蛇吹了聲口哨，入口無人進出，在窗與牆面塗開的血跡凌亂張狂，簡直像是殺人魔開完狂歡派對。

「你怕了？」峨嵋問。

「是啊，我怕得要死。怕裡面有危險，不小心讓妳受傷該怎麼辦？」

「噁心。」峨嵋啐罵，但是一邊的嘴角偷偷彎起。

「都特地來到這裡了，我們的小屋也空到不行，一定需要塞點家具，不然太冷清啦，住起來好寂寞。現在看起來應該是隨便我們搬，反正也沒有店員能結帳了。按照原訂行程挑家具怎麼樣？」

「反正沒有其他計畫。」峨嵋算是同意了。

王蛇把手槍上膛，沒忘了確認備用彈匣的數量。峨嵋大腿的皮套慣例地纏綁數根鐵籤，全部藏在裙襬之下。

「下車？」她問。

「下車。」他答。

兩人推開車門，車外瀰漫淡淡的血腥味。

王蛇跨過其中一具店員的屍體，低頭一瞥，發現店員的胸腹布滿刀傷，把制服都染色，地上也有乾掉的血跡。

「真慘。」王蛇隨便說說，倒不是真的同情。

王蛇把槍舉在身前，與峨嵋交換眼神，率先進入賣場。

賣場裡展示的貨品與家具大多被掀翻，死屍與家具一併陳列，有些屍體趴臥在桌上、有些在沙發癱坐，半乾半濕的血水浸濕椅墊，還灑在地上，散發詭異獵奇的氣氛。

「沒人。」王蛇左右看看，還活著的人似乎都逃了出去，現場只剩不能再呼吸的肉塊。

峨嵋沒感應到王蛇以外的心跳。她繞過地板的血漬，來到傭兵的身邊。「不會有人擋路了。」

「說的對，可以悠哉慢慢逛了。」王蛇拾起購物籃。

嘴上雖然說要悠哉，王蛇心裡倒不是真的這麼想。

自從王蛇被研究員宣判遭到毒物不可逆的侵蝕之後，死期便一直在倒數。本來想等到布置得更完善之後，才帶峨嵋去海邊小屋。

偏偏突然現世的「淨土」，以及意外成為首批感染者都打亂他的計畫。

現在王蛇走一步算一步，與峨嵋共度最後的日子。他想至少不算太差，還有時間能與峨嵋一同布置小屋，已經是過於奢侈的幸運。

這是兩人頭一遭一起逛大賣場，雖然未曾共同經歷的事情還很多，但是王蛇沒有時間全部填補。

「走吧。」王蛇伸出手。

「幹麼？」峨嵋狐疑地看著，故意裝糊塗。

王蛇懸著的那手晃了晃，「怕妳走丟啊。」

「當我小孩子？」

「也沒那麼小啦，就是平坦了一點……啊喔！」

王蛇的油嘴滑舌被峨嵋一拳打斷，幸虧峨嵋克制了力道，不然王蛇可能要整個人倒飛出去。

「很痛啊我的大小姐。大家都是文明人，有話可以好好說。妳這樣暴力示愛真的讓我承受不住。」

王蛇捂著手臂，是真的痛。

「哼。」峨嵋撇頭就走，裙襬與髮絲飄晃。

「喂，等等我啊！」王蛇拎著購物籃跟上，毫不在意地踩過屍體。「走太快啦，家具要慢慢挑，妳以為是在搶限時折扣商品嗎？妳什麼時候變成那種肆虐超市的大嬸了？」

峨嵋雖然頭也不回，但速度明顯放慢，笑嘻嘻的王蛇很快又與她並肩同行。兩人無視狼藉凌亂的賣場與亂濺的血漬，一派輕鬆自在。

「看看這個，這杯子不錯，顏色跟妳的眼睛很像。」王蛇把貨架上最後兩個綠色馬克杯放進購物籃，「剛好一對，一百分。」

峨嵋瞥了一眼，「我的眼睛顏色不是這樣吧？」

「很接近了。要找到一樣的太難了，妳是獨一無二的。」王蛇豎起大拇指，衷心地點頭比讚。

峨嵋愣了愣，在思考這是真心誇獎，又或是隨口調侃？

儘管早已互相理解對方的心意，但是在日常相處時，峨嵋還是以往那副冷漠又防備的樣子，有時甚至更加帶刺。

王蛇大多笑嘻嘻的。他當然要笑，不想留給峨嵋任何的不開心。

兩人到處走走看看，遇到感興趣的家具就停下來打量。

「這個桌子怎麼樣？」王蛇手按在一張餐桌上，用力晃了晃，「還可以，滿穩的。不會害我們把飲料打翻。」

峨嵋沒意見。

「還有這個椅子……怎麼只有一張？庫存呢？店員到底在幹什麼，怎麼沒有好好補貨？喔我忘記死人沒辦法補貨了。好吧，只能挑其他的。」

峨嵋還是沒意見。

「這裡連沐浴乳都有？太好了，這個香味妳覺得怎麼樣？我明明都固定洗澡了，還一直嫌我臭，那一定是沐浴乳的問題吧。」王蛇打開瓶罐，讓峨嵋聞。

「有點太香了，不過還可以。」

「已經讓妳挑可以接受的味道了，不要再說我臭了啊。」王蛇把沐浴乳丟進購物籃。

來到寢具區，王蛇率先尋找沒沾到血與髒汙的床墊。「我的大小姐，妳喜歡單人床還是雙人床？」

「什麼意思？」

「就是咧……妳想要擠一點還是寬敞一點？」

「誰說我要跟你睡同一張床？」

「幹麼這樣，我又不會一直翻身，打呼聲也還好吧。這麼不情願？不然妳把我當大型抱枕嘛，自帶溫度還會說笑話的那種，很棒吧？」

峨嵋雙手抱胸，眼睛看向別處，擺明是拒絕了。

「不會吧，真的要我挑兩張單人床？還是妳要自己睡一張雙人床？」

王蛇的視線跳來跳去，瀏覽陳列的床墊。「好吧，運氣不錯，床墊的數量夠，看妳喜歡哪張。只是咧，要從這邊偷一輛貨車才行，我們那臺可憐的小車絕對裝不下。」

「先不急吧。」峨嵋離開寢具區，往下一個區域走去。

「妳不會是想睡地板吧？喂！」王蛇快步跟上。

逛完了家具區，王蛇與峨嵋來到出口的美食區，雖然少不了死屍，但另有其他收穫。

「運氣真是太好了，看起來還有食物，嗯，而且有電，可以自己加熱了。」王蛇放下購物籃，把占據座位的屍體推下桌，抽來一大堆餐廳提供的紙巾把桌面擦拭乾淨，然後招呼峨嵋坐下。

峨嵋環顧一圈，儘管掠顱者浴血而生，這還是她第一次在屍體的圍繞中用餐，彷彿誤闖什麼奇怪的主題餐廳。

「我進去廚房看還剩下什麼。妳什麼都吃，不挑食對吧？」

峨嵋點頭。

「真是太好了。」王蛇雀躍地溜進廚房，確認剩下的食物庫存。

有了峨嵋陪伴，讓王蛇的胃口異常地好，加上在海邊小屋準備的食糧有限，現在可以隨意取用，他當然是不會客氣。

王蛇直接把這裡當成自己家，盡情翻箱倒櫃，途中還暫停了一會兒，把廚師的屍體拖出廚房，跟其他顧客的屍體堆在一起。

峨嵋托著腮，遠遠看王蛇忙碌，後來也離開座位，來到廚房。

「要不要幫忙？」峨嵋問。

埋頭忙得亂七八糟的王蛇應了聲：「來得正好！這個烤雞跟豬排熱好了。可惜我懶得弄油鍋，不然炸些薯條一定很棒。我剛剛發現有麵包，把它丟進烤箱了，等等就有香噴噴的烤麵包可以吃了。飲料就麻煩妳裝了，我要可樂優先！去冰啊，不要冰塊！」

「知道了。」峨嵋端回兩盤肉，另外找來乾淨的杯子往飲料機裝填飲料，順便拿了餐具。

「喂，妳吃不吃馬鈴薯泥？嘗起來還是新鮮的。」廚房的王蛇大喊。

「你想吃就拿吧。」峨嵋喊了回去。

再忙了一會兒，王蛇把餐點準備好，端起盛有食物的盤子，來回幾趟把餐桌擺得滿滿的，然後發現一張桌子不夠，又搬來另一張桌子併在一起，才放得下準備好的豐盛食物。

王蛇回到餐桌，與峨嵋面對面坐下。

「呼，久等啦，現在可以悠哉開動了。」王蛇用紙巾抹汗，拿起峨嵋替他裝的可樂，一口喝光。「復活啦，痛快！就算到了世界末日，冰可樂依然是人間的救贖！」

峨嵋拿起她的無糖紅茶，意思意思啜了幾口。

王蛇拿起刀叉，向烤雞進攻。被切開的烤雞散發熱氣，他仔細聞了聞，確定沒有酸臭，然後放進嘴裡。

「嗯，味道完全沒問題。」王蛇開心大嚼。

峨嵋也拿起鄉村麵包咬了一口。

隨著食物入口，掠顱者也發現有點飢餓了，進食的速度不自覺增快。胃口大開的傭兵一度放下刀叉，改用雙手抓取食物，直到被峨嵋瞪視後才乖乖拿起刀叉。

接下來的幾分鐘內兩人顧著進食，掃光一盤又一盤食物，填補空蕩蕩的胃袋。

吃到一個段落，峨嵋突然說：「屋子的空間有點小。」

「沒辦法啊，來不及擴建。不過基本的生活起居應該沒問題吧。」王蛇叉起肉丸，往嘴裡丟。

「能擺的家具也有限。」峨嵋的口氣有點奇怪，一直盯著盤子看，彷彿在對盤子說話。

「有啦，我剛剛有認真篩選。我們沒挑多少東西啊，比較占位子的就是餐桌跟兩張椅子……這個是必須的吧，跟妳在同一張桌子用餐，還可以一直看著妳。就像現在這樣，很棒吧。」

王蛇眨眨眼，故意盯著峨嵋看。

綠眼少女別過頭，手托著臉頰好像想藏住什麼。

眼尖的王蛇看到她臉上泛起的一抹紅，沒有說破，安分地咀嚼食物。

沉默。咀嚼聲。峨嵋捲弄髮尾的聲響。

「因為屋子真的很小，所以……只好跟你睡同一張床。」

過了好久，峨嵋硬是擠出這句，眼神飄得更遠了，死都不肯看向王蛇。

王蛇差點噴出嘴裡的食物，好不容易才忍住。他真不知道峨嵋醞釀多久，才能說出這些話？

「很好笑嗎，你要笑我嗎？」峨嵋大聲質問，一時沒控制音量。

「不是、我沒有……。」王蛇趕緊吞下滿嘴的肉丸，拿紙巾抹嘴。

峨嵋一直瞪著他。在刻意托腮遮掩的掌心底下，那張俏臉更加燙紅。

王蛇放下紙巾，呼出一口氣，正經地說：「好像突然收到聖誕節禮物。」

「你又不是會過聖誕節的人。」

「就是一種比喻嘛，意思是非常開心。」王蛇問：「妳不會反悔吧？說好了喔？真的不要反悔喔，不然我會很難過、會非常非常難過喔？」

「再問就滾去睡地板。」

「好，我不問。絕對不問了。」王蛇拿了新的紙巾，仔細把手擦乾淨，然後從座位起身。「那我們回去挑張順眼的床墊吧。」

王蛇又一次伸出手。

峨嵋看了他懸在半空的手掌，隨即撇開視線望向別處，故意顯得不情願，但是把手伸了出去。

王蛇沒放過這個機會，牢牢握住。

峨嵋抿著嘴，裝得面無表情。王蛇則是咧開嘴，止不住笑容。

「感謝妳願意賞臉，我的大小姐。我發誓一定當個超棒的大型抱枕！」

「閉嘴！」

番外：花

必須燃燒。

有什麼必須燃燒。

幾道黑影掠過天際，劃過村子上空，投下更多的黑影。

這些黑影落入村莊，引起爆炸。烈焰將村子吞食。

全身裹著火焰的村民沿路狂奔嚎叫，最終倒地匍匐，化成人形木柴不斷燃燒。

在村民們驚惶的走避之間，年幼的她看著，看著雙親與兄弟姊妹消失在火海之中，眸裡有倒映的熾亮火光。

她有一頭火燒般的豔麗紅髮。

必須燃燒。

有什麼必須燃燒。

她最終扛起槍，對抗轟炸村子的軍隊。與她同一陣線的，是一張張失去家園與親人的臉孔，有的悲痛、有的懷抱憎恨、有的盡顯憤怒……

只有她笑得出來，因此屢遭側目，言語與行動的挑釁攻訐不曾少過。

她的子彈卻是無比精準，一再將敵軍射殺。即使被當異類看待，眾人卻不得不依賴她殺敵。

等到死在她槍下的敵軍足以堆出屍山時，謠言開始蔓延。有人說，她會用敵軍的鮮血浸抹頭髮，換來這樣鮮艷刺眼的髮色。

她微笑以對，沒有澄清，亦無反駁。

那些製造謠言的人日後接連死去，死在與敵軍駁火之中。大家都認為凶手是心狠手辣的敵軍，但是子彈的軌跡並非從敵軍的方向擊發。

謠言逐漸冷卻，像那些消散的亡者。她的聲勢以及眾人對她的敬畏則是如火旺盛。

她的豔麗紅髮仍然燦爛。

她還是扛著槍，輾轉在各個陣營遊走。

她不再因為髮色與年紀被人小看，因為她總是能帶來勝利與屠殺。

她遇到一個人。

那人與她相似，也有特別的紅色，鑲在圓形的鏡框之中。

大家都覺得這個人是瘋子，所作所為都背離了世間的規矩，即使是在以子彈說話的秩序之中，這個人依然被當成瘋子。

在一次談話，他興奮分享長久構築的野心。他是如此毫不遮掩，不在意任何質疑與嘲笑，眼裡只有理想中的新世界。

她被他的理想吸引，如同飛蛾終將撲火，是那樣奮不顧身，只因他所渴望實現的，是足以令世界萬劫不復的美妙願望。

必須燃燒。

有什麼必須燃燒。

這個人在招攬「孩子」，要足夠優秀，也要足夠無情，不能有對故鄉的留戀與同情。因為最後不分國界與領地，所有人無從倖免，這是唯一走向。

她已經是沒有故鄉的人，不具備無謂的鄉愁。

這個人說，在他鳴下第一槍，讓所謂的「淨土」現世之後，需要「孩子」來替他接續完成理想。

從那之後，她認了他當父親。

她遇到全新的人。

或者，也不算人。

這個人形生物被父親關押，囚禁在專屬的禁閉室，雙手遭到反扣，被特製的金屬枷鎖控制，雙腳也纏著粗鍊條。

父親解釋，這個男人叫「麒麟」，是掠顱者計畫的試作品，也是失敗之作。

「小心啊，這個東西超級殘暴，我有點後悔亂把他要來了，根本是衝動購物……本來想說很特別可以當成收藏，結果好麻煩啊，飼養獅子好像更安全。」

禁閉室外，父親喃喃說著。紅色圓形鏡片後的雙眼，打量著禁閉室中的動靜。

她站在父親身旁，審視這個奇特的試作品。

麒麟站立不動，散發與周遭格格不入的違和感，彷彿自成一個世界。

一個只剩冷冰冰殺戮的世界。

她看出麒麟的蠢蠢欲動，看出那副不帶情緒的表皮下，有無窮無盡的嗜殺之心。

她在麒麟身上看到災禍與灰燼。

「父親，能打開門嗎？」她禮貌詢問。

「啊？門？妳要進去？」

「是的，我很感興趣。」

「真是太調皮了。可以看可以摸，就是記得不要把這東西放出來。」父親解除禁閉室的警戒，門應聲開啟。

她走入禁閉室。

佇立不動的麒麟睜著右眼，看她走近。

兩人面對面，都在觀察對方。

她覺得在與猛獸對峙，像是孟加拉虎，或是一掌能將人拍得血肉模糊的棕熊。

她伸出手，撥開遮住麒麟左臉的過長瀏海。

麒麟沒有閃避，於是她看見他所缺失的——左臉一片平坦，沒有眼眶更無眼珠——麒麟天生沒有左眼。

麒麟完好的右眼看著她的舉動，似乎在問：滿意了嗎？是否看夠了？

「你很特別，但你不是紅色。」她說。

麒麟發出嗤笑聲，似乎對她追求的紅色感到可笑。

隨著麒麟的嘴巴張開，她看見成排如獸齒的尖牙。

麒麟注意到她的視線，示威般張開嘴，毫無保留地展示嚇人的、有如食肉野獸的牙齒。

「你是不是以為，我會覺得你可怕？」她問。

麒麟還以挑釁的眼神。

「我看過更糟糕的東西。」她撫摸麒麟的臉。與剛才帶著好奇撥開瀏海不同，這次是飽含同情，讓麒麟猛烈甩頭，衝著她發出憤怒的低吼。

「你不可怕。」她離開了禁閉室。

必須燃燒。

有什麼必須燃燒。

她在麒麟的眼裡看見火光。

父親的研究所遭到襲擊，利益糾葛引發了殺機。

她扛起槍，護送父親逃離，獨自留下斷後。

留下活口不是她的作風。

這些人開始投擲炸藥，讓她想起幼時家鄉遭到轟炸。

為了躲避爆炸，她竄入研究所，想起被父親關押的試作品。

只是很簡短、很簡短的猶豫，她便來到禁閉室前。

麒麟挺立不動，早已聽到騷動。

爆炸聲不斷傳來。

她進入禁閉室，來到麒麟面前，單方面地訴說。

「總有一天，我要讓全世界燒成灰燼。我要拿人的屍體當柴薪，讓慘叫成為火種。」

父親有他的理想，她亦有想望見的美景。

童年的村子遭到轟炸，尖叫的村民渾身著火，這些記憶糾纏不放，成了最鮮明的一幕。

她要重現這樣的災難。

她再度伸手，撥開麒麟遮臉的頭髮，撫摸那片平坦的皮肉。

麒麟這次沒有閃躲。

「你來幫我。」她說，「我們一起讓世界燃燒。」

麒麟發出嗤笑，她當他同意了。

——她知道麒麟不會拒絕這樣的請求。

她解開麒麟身上的鐵枷與粗鏈條，放出這隻見人即殺的怪物。

「開始你的玩樂吧。」她說。

隨著她的一聲令下，入侵者在短短半小時內被全數殲滅。

踩踏血中的麒麟渾身溼紅，彷彿浴血重生。

她跨越滿地遍流的血汙，落下紅色腳印，彷彿一朵朵大理花在她的腳下沿路盛開。

殺戮完畢的麒麟體溫發熱，吐出燙人的濁氣，頸子浮滿碩大的青色血管。

還不夠、遠遠不夠。解放的麒麟越加飢渴，卻也安定下來。即使是前置的試作品，仍與後續的掠顱者擁有同樣的特性。

麒麟等待應有的命令與褒獎。

她來到他的面前，在屍堆血海之中，兩人有如第一次見面時互相凝視。

「現在你是紅色的了。」她伸出手。

麒麟垂下頭，任她抹掉臉頰的血跡。

從此麒麟並肩待在她的身旁。

必須燃燒。

有什麼必須燃燒。

她與麒麟要一同見證世界化成灰燼。

番外：牆

距離在闍山組的酒店血戰已經過去一個月，Miss S 持續善後，器官交易則是完全停擺。畢竟整個組織餘下的活口，就剩她與手術服二人組。

Miss S 透過電話與斐先生聯絡。斐先生雖然嚷著損失慘重，但也同意暫時停止器官交易。

彙報完畢，Miss S 終於能夠放下發燙的手機。

與斐先生對話仍是一樁苦差事，這個瘋狂的科學家始終那麼聒噪，這讓 Miss S 發現，現在她對斐先生的耐心不如以往，一度有直接掛斷通話的衝動。

總之有了斐先生的口頭應允，Miss S 正式確定組織的活動可以暫時休止。

現在 Miss S 人在藏匿於汽車旅館的據點之中，藍手術服跟綠手術服也在。

「斐先生怎麼說？」藍手術服問。

「是不是可以放假？」綠手術服問。

「沒有器官可以摘，我們沒事做。」藍手術服又說。

「可以拿豬心來練縫合，回歸初心。」綠手術服說。

「停。你們都別說話。」Miss S 頭很痛，因為手術服二人組總是像漫才搭檔，只要其中一人起了頭，就會沒完沒了。

「因為妳都不說話。」藍手術服很無辜。

「斐先生到底怎麼說？」綠手術服很期待。

「對，放假了。至於要放多久，時間未定。你們有什麼平常想做但沒做的事，趁現在趕快解決吧。」Miss S 說。

「是有薪假嗎？」「一定是沒有支薪的吧。我們是熟知心臟還有各種器官構造的人，也可以叫做知心嗎？」「我剛剛也想到這個，你抄我的點子。」「才沒有，是你抄我。」

「閉嘴。別說了。有任何新消息會聯絡你們。就這樣，快走。」Miss S 惡狠狠地說：「立刻從我的視線消失。」

「知道了。」「還是一樣冷淡。」「再見了。希望放長假後再看到妳不會變胖。」「也不要變太瘦。」「維持身材真是一門學問。」「現在開始報名健身房來得及嗎？」

「都出去，現在！立刻！馬上！」Miss S 大吼。

趕走了手術服二人組，據點終於安靜下來。

Miss S 重重嘆氣，煩躁地撥亂頭髮，來到茶水間調氣泡水喝。

Miss S 操作氣泡水機，看見櫥櫃的黑糖罐，想起以前熊叔常常在施打「斐先生的禮物」之後，會溜進茶水間泡黑糖水喝。這個肉壯大叔總是那麼嗜甜。

Miss S 拿起黑糖罐端詳，打開罐口撈了幾匙，決定今天就弄黑糖氣泡水。

拿起剛調好的新飲料，Miss S 試喝一口，忍不住皺了眉頭，這不是習慣的口味，但她還是拿在手上，回到沙發區。

現在終於空了下來，只剩她一人。

Miss S 獨自站立在這個偌大的空間裡，連說話都有了回音。她空出一手，滑開存在手機的名單，還有好幾名未摘取的苗床。

用不到了，可能以後用不到了。Miss S 忽然有這樣的念頭。

她喝光氣泡水，仔細將杯子清洗乾淨，關閉所有電源與燈，離開了據點。

短靴的清脆聲響一步步踏下鐵梯，Miss S 心中早已萌芽的念頭越加強烈。隨著她降下鐵捲門，關閉了據點，一切終於塵埃落定。

——Miss S 決定不再碰這門血淋淋的生意，要脫離這個地下社會。

鐵捲門外的 Miss S 抬頭，望見淺白色的陽光從雲隙透出。據說這叫耶穌光。

她沒有宗教信仰亦不信神，但在決定重新展開人生之際，也認為是被給予祝福。

此刻的天空正藍。

Miss S 與阿倪仍然借住在熊叔家，僅僅是暫時居住。共事這麼久，要說毫無感情是假，熊叔始終是值得信賴又可靠的夥伴。

每日夜裡，Miss S 都要作惡夢，不只夢見昇龍、降虎這對雙胞胎掠顱者屠殺她率領的手下，還夢見熊叔壯烈死去。

熊叔一次又一次死在他最愛的戰鬥裡，一次又一次拿性命交換，只為了與掠顱者一戰。

好幾次 Miss S 被惡夢驚醒，便離開床榻，確認沒吵醒阿倪後，獨自來到客廳，在沙發坐上一整晚，直到清晨破曉的陽光照入屋裡。

Miss S 曾經想過，哪張沙發會是熊叔最偏愛的？他是不是常常坐在沙發上，大吃買回來的甜食，可能又是甜甜圈，或是各種蛋糕？

她不知道。逝者已逝，無從追問。

現在 Miss S 決定尋找新居所。

Miss S 很快便行動起來，儘管在郊區有置產，但考慮到市區的生活較為便利，也方便阿倪上下學，所以暫時不考慮搬去郊區。

她也沒考慮買新房，現在是單純想有新的開始，還不是為了長久生根。租屋相對靈活，不開心隨時都能搬走。

Miss S 看了一間又一間，最終選定與舊居所類似的租屋，一樣落在頂樓，相當安靜，不怕樓上會有爛鄰居跑跳或拖動桌椅。另外還有天臺，方便洗衣晒衣。她直接租了下來。

Miss S 帶著阿倪來看新家，決定請人把牆面全部重新粉刷，也讓阿倪看新房間。

「我會有自己的房間？是這間嗎，好大？太大了吧！」阿倪跑進其中一間空房，還沒放入任何家具，顯得特別寬敞，讓她講話還會有回音。

「不然妳睡浴室。這裡我拿來當衣帽間。」Miss S 開玩笑地說。

「還以為大姊姊妳會整間拿來放魚缸。」

「魚缸要放客廳，跟以前一樣弄成鬥魚牆。」

「哇，好棒！妳會買新的鬥魚嗎？」

「以後吧，現在先安頓好再說。妳的房間想漆成什麼顏色？」

「還沒想到，可是我要自己漆！」

「妳確定？很麻煩喔。」

「這樣才好玩啊，我從來沒刷過油漆，而且是我的房間耶，我終於有自己的房間了！一定要親手布置。」興奮的阿倪高舉雙手，在原地轉圈圈。

「之前不是也留一個房間給妳？妳這麼想要獨處，幹麼每天晚上還要跑來跟我一起睡？」

「喔……那不一樣啦，那個本來是儲藏間不是嗎？裡面還放很多雜物喔。然後大姊姊妳放心，我就算有了新房間，還是要跟妳擠一張床。房間就留著寫作業用。」

「不用了，妳乖乖睡妳那間就好。」

「我是怕大姊姊太寂寞喔，畢竟妳是喜歡逞強的人。」

「我從來不寂寞，明明是妳怕黑。要自己粉刷可以，先說好我絕對不會幫忙。」

「知道了，只是刷油漆嘛！」

阿倪如此驕傲又有把握，結果到了實際動手粉刷的那天，連一道牆都還沒刷完，就開始吵著要 Miss S 幫忙。

「好累喔，為什麼刷油漆這麼麻煩……大姊姊幫我，不然要弄到半夜了，不對，可能要到明天早上……。」

Miss S 沒好氣地瞪著自找麻煩的小屁孩。「早就跟妳說過了，當初是誰很囂張說完全沒問題？」

「幫我刷，拜託！」阿倪哭喪著臉哀求，臉上還沾到油漆。她選用鵝黃跟淺藍兩種顏色，現在只漆完半面鵝黃色的牆。

Miss S 被阿倪纏到受不了，幸虧早有心理準備，知道阿倪一定會求救，所以 Miss S 最終認命捲起袖子，提起淺藍色的那桶油漆，與阿倪分工合作。

「妳這個顏色想漆哪幾面牆？」Miss S 問。

「這邊跟那邊。」阿倪指了房裡的兩面牆，稍微猶豫後接著指了第三面：「啊，還有這個也一起漆好了。」

「妳是要偷懶少塗一面吧，想都別想。」

「不然天花板幫我漆嘛……。」

「天花板留白吧，這樣看起來更寬敞。」

「好啊！」阿倪一口答應。

「死小孩，妳只是懶得漆吧。」

「嘿嘿，被發現了！」

Miss S 與阿倪埋頭粉刷。一開始 Miss S 常讓亂滴的油漆沾到衣服，不時皺眉嫌煩，但是上手後發現有些療癒，來回刷著油漆可以讓腦袋放空，算是意外的休息。

第一次動手粉刷的兩人從早上忙到下午，終於告一段落，暫時來到屋外放空，也留油漆乾燥、讓房間通風。

Miss S 可以說是腦袋完全停擺，雖然粉刷療癒，但也非常累人。

她與阿倪誰都沒力氣說話，接連在天臺坐下，望著黃昏的橘色天空發呆。隱約可以看到天邊有幾點星星。

這裡坐擁寬闊的視野，也是當初 Miss S 選擇租下的誘因之一。

微涼舒服的風拂來，Miss S 湧起一股莫名的感動，原因說不上來，可能是體力勞動後的鬆脫，也可能是完成工作後的成就感。

Miss S 相當感激，這對她來說是罕見陌生的情緒。

「這裡好空喔。」阿倪來回望著什麼都沒有的天臺。

「妳有什麼點子？」Miss S 問。

「放一些盆栽怎麼樣？還有漂亮的花之類的。」

「妳要負責澆水。」

「好啊，這不會比刷油漆麻煩，我一定可以。」

「說好了？」

「說好了。」阿倪突然若有所思：「好餓喔，我們一整天都還沒吃東西耶。」

阿倪這一說也提醒了 Miss S，飢餓的兩人決定去附近探險覓食，吃吃喝喝尋找新的店。

下樓之前，Miss S 回頭看了一眼。夕陽的餘暉落在天臺與屋頂，靜謐又祥和。

Miss S 在這一刻才有了實感：這是她要與阿倪一起展開新生活的地方。

就是這裡了，是她跟阿倪的新家。

「大姊姊妳在發呆嗎？我好餓喔！」走進樓梯間的阿倪回頭，對著 Miss S 喊。

「走吧，死小孩妳想吃什麼？」

「什麼都可以，只要好吃的都好！」

兩人一起下樓。

番外：樹

「那麼就這樣了，這次會議到此結束。」

松雀關閉筆電視窗，結束與管理者的例行會議。根據其他管理者提供的資訊，委託人們對永生樹的滿意度又上升了。

近期格外受到矚目的，是代號名為「愚獴」的僱傭兵，因為委託達成率百分之百，大幅增加委託人對永生樹的信賴。

這個叫做愚獴的僱傭兵擁有另外的名字，名為「崆峒」，同時也是專為暗殺計畫所製造出來的人造人類。

在永生樹之中只有松雀知曉她的祕密。

此刻崆峒待在松雀的私密居所，端坐在他身後的沙發。

居所的燈光經過刻意調整，是不會對眼睛造成刺激的柔和光線，讓對光線異常敏感的崆峒可以拿下遮光的棒球帽，讓及腰的黑色長髮自然舒展。

崆峒的膚色非常蒼白，不只襯得髮色更加黑深如墨，頸子與手臂細細的青色血管更是肉眼可見，加上纖瘦的身材，看起來是柔弱、好像連蚊子都打不死的女人。

偏偏與這樣外顯的形象相反，崆峒下手極端殘暴，標誌性的一對鐵鉤武器總是把活人當成豬隻在串刺。僱傭兵之間甚至謠傳說她是為殺戮而生的瘋子。

擁有截然不同形象的崆峒乖巧地等待。

松雀闔上筆電，俐落轉過辦公椅，面向崆峒。

藉著掠顱者敏銳的本能，崆峒感覺得出來，現在松雀的心情很好。

「其他管理者提到妳，妳做得非常好。為了感謝妳的協助，我該問問妳有什麼要求。」

崆峒愣住。她習慣接受松雀提出的任何命令，從不懷疑地去執行。但是這次的提問幾乎超出她的應答範圍。

就某種程度而言，掠顱者不僅是為了執行暗殺任務，還是為了滿足他人提出的要求而生的非人怪物。因此被詢問願望，反倒令崆峒不知所措。

這個下手殘暴、可以輕易把人臉皮扯下的掠顱者支支吾吾，苦惱得說不出話。

「妳從沒要求過什麼，但我認為每個人都會有想要的東西。即使是妳也不例外。說說看。」松雀補充：「什麼都可以。」

崆峒猶豫很久，雙手十指絞在一塊。最後在膽怯中帶著期待詢問：「我想去一個地方。」

「哪裡？」

崆峒說出答案，松雀僵住。

「妳確定？」

崆峒篤定地點頭。

松雀沉默很久，才說：「我知道了。」

隔天，效率迅速的松雀立刻履行約定，專門撥了空，帶崆峒來到她所謂的「想去的地方」。

外出的崆峒再度戴上棒球帽，今天不必執行永生樹交付的委託，因此是輕鬆的穿著。她穿黑色小背心搭了一件長版襯衫，並暫時捨棄平時的長褲，改穿高腰牛仔短褲。

松雀會合時看見崆峒的打扮，即使他對女性衣著潮流不感興趣，也能明白崆峒非常期待。

至於松雀這個人，仍是一身黑的襯衫與西裝褲，像是不苟言笑的商務人士。

兩人站在一處門口，松雀面無表情，認為這樣的地方與他冷酷幹練的形象不符。但是身為管理者的他說到做到。

「走吧。」松雀推開門，店員便上前詢問並帶位。

崆峒跟在松雀身後，帽舌下的眼睛睜得大大的，幾乎要發光。

「這邊請喔。」店員領著松雀跟崆峒入座。

崆峒才剛坐下，隨即看了座位底下。一隻白色波斯貓蹭著她的小腿，崆峒開心又遲疑地眨眨眼。

「這隻貓很親人，可以摸沒關係。」店員友善提醒。

崆峒看了看自己的手，這隻手掌可以輕易挖開血肉、甚至掏人心臟。她猶豫很久，終究放棄了，深怕不小心傷到貓。

「我實在沒想過，妳會要求來這種地方。」松雀環顧這間貓咪咖啡店。

除了蹭著崆峒的白色波斯貓，店裡另外還有許多不同品種與花色的貓。牠們隨意佔據順眼的位置，不限於貓跳台或敞開的籠子，連櫃台也有幾隻貓愜意地舔著爪子。

「對不起，讓你生氣了？」崆峒小心地問，好像怕伴侶生氣的女友似的。

「沒有，是覺得意外。還沒問妳原因。」

「我的代號……叫愚獴，所以一直想親眼看看狐獴。」峌峒看向咖啡廳一隅，那裡有店員放出狐獴，讓客人進行互動。這間貓咪咖啡廳不只有各種貓咪坐鎮。

「原來是這個原因。」

在松雀瀏覽菜單時，逐漸有貓聚集過來。

等到松雀點完餐回來，發現峌峒幾乎被貓包圍了，不僅繞著她的腳蹭來蹭去，還有的貓跳上桌，小小的鼻子抽動，好奇地嗅著峌峒。一隻虎斑貓更是跳到她的腿上，蜷曲在那休息。

峌峒整個人動都不敢動，深怕不小心會傷害到這些貓。

因為峌峒實在太受貓歡迎了，甚至引起其他客人與店員的熱議。

「哇，貓都跑過去那桌了。」「這些貓都叛逃了，第一次看到這麼黏客人的。」「那一桌是不是有買肉泥？我們也買好不好？」

松雀伸出手，試著觸摸跳到桌上的貓，結果貓立刻撇頭，絲毫不給他面子。松雀的手僵住，瞬間臉色鐵青。

峌峒看見貓對松雀完全不賞臉，有些驚恐，又有些同情。

驕傲的松雀不能容許這種事情發生，立刻向店員招手。

「這邊麻煩。」松雀呼喚店員，並拿出一張千鈔付帳。

「好的，稍等喔。」店員收過鈔票，然後拿了好幾條貓咪肉泥返回。「這是您購買的肉泥……提醒您不要一次餵完，貓咪如果不吃了也不要強迫牠們喔。」

「當然不會。」松雀掃視成堆的貓咪肉泥，決定用資本主義的力量制裁這些不賞臉的貓，隨即撕開其中一包。

這一撕，瞬間驚天動地，幾隻纏著崆峒的貓咪立刻圍了上來，爭著舔食肉泥。

「哼。」松雀滿意地冷哼，「真是簡單好懂的動物。」

看到松雀這樣不服輸，崆峒忍不住噗哧一笑，隨即噤聲，低下頭。

「爸爸，那桌好厲害喔，貓都圍過去。」某桌傳出驚呼，是爸爸獨自帶著兩名兒子的組合。兩個孩子看起來都是小學生的年紀，一臉稚嫩，其中一個咧嘴笑時露出還在生長的半顆門牙。爸爸則是常見的中年爸爸形象，臉頰浮腫，帶著被職場與生活蹂躪的疲倦氣息。

「買肉泥啦好不好？」「爸爸，我想餵貓！」那桌孩子不停央求，惹得爸爸無比煩躁，終於失控大吼：「都帶你們來看貓了、還點這麼貴的餐了，還要我買什麼！嫌我花的錢不夠是不是？你們閉嘴不要吵好不好！」

店裡的人與貓都被嚇到，驚訝的目光接連射去。孩子們更是嚇得不敢再說話，比較小的那個低下頭，眼睛裡有淚水打轉。爸爸臭著一張臉，獨自跑到店外抽菸。

被留下的兩個孩子錯愕地看著店外的父親，年紀較小的那個肩膀抽動幾下，終於哭了出來，另一個孩子也跟著啜泣。

松雀想起年幼時常聽到父親像是山或樹的形容，對此並不明白。打從他懂事開始，便知道自己沒有父親，只有被拋棄的母親。

父親像是樹？無緣的父親創辦了名為「永生樹」的機構，為了保護家人，但不包括松雀與他的母親，只因為母親是情婦、他是私生子。

弄清楚父親竟然是所謂的「偉大的創辦人」之後，松雀隱藏真實身分，抓住機會進入永生樹，再花了好多年爬上管理者的位子。

父親在過世前，將永生樹交給了不曾吃苦的第二代。

第二代在接班時強調，會帶領永生樹走上巔峰。但是早在第二代接班前，永生樹就擁有一定的規模，幾乎壟斷地下社會的人力市場，這份豐功偉業與第二代無關，他是空降接手永生樹。唯一夠資格的部份只有他是創辦人法定上的公開子嗣。

第二代的宣言就像政客的選前政見，只是嘴巴喊喊。沒過多久，第二代就因為太安逸了，撇下永生樹不管，全權留給管理者們負責，自己跑去灑錢創辦心靈成長課程，在台上享受學員們的崇拜。

無用的廢物，松雀想起第二代那張圓滾肥潤的嘴臉，免不了作嘔。

那桌被父親拋下的兩個孩子還在哭，這副窩囊又無助的模樣讓松雀看得心煩。

松雀走向那桌，對兩個孩子說：「哭也沒用。想要什麼就自己爭取。不要指望父親。」說完隨手把一條貓咪肉泥扔到桌上，轉身便走。

兩個孩子詫異地看著貓咪肉泥，又看著走遠的松雀。

想要什麼就自己爭取，就像松雀認為「永生樹」是屬於他的東西，所以一定要搶到手。

崆峒都看著。

松雀回來坐下，假裝沒事喝著黑咖啡。因為他不再拆肉泥了，大部分的貓因此失去興趣，不是繼續黏著崆峒，就是各自尋覓地方睡覺發呆，或是去巡視其他桌。

「真是現實的動物。」松雀說，「沒有好處就跑光了。」

「我——」崆峒不敢看松雀，只敢望著在她腿上打盹的虎斑貓。

「怎麼了？」

「我會——」崆峒豁出去般說：「我會一直都在。」

「我知道。我從不懷疑。」

松雀的篤定給了崆峒一股勇氣，她終於敢伸出手嘗試，用手背很小心、很小心輕碰虎斑貓。閉眼的虎斑貓發出咕嚕嚕的聲音，讓崆峒發出很小聲的雀躍尖叫。

松雀聽見了，崆峒尷尬地抬起頭，對視後又立刻垂下頭。「對不起，我失態了……。」

「不會。」松雀跟著尷尬，「沒事。」

店員恰好過來，讓兩人轉移注意，不再繼續尷尬。店員提醒：「跟狐獴的互動時段輪到你們這桌囉，請跟我來。」

「走吧，去看看跟妳想像的狐獴是不是一模一樣。」松雀起身，隨手把襯衫拉順。

「我、我沒辦法起來。」崆峒求救。

松雀回頭，看見那隻虎斑貓仍然霸佔在崆峒腿上。於是松雀準備再次動用資本主義的力量。

「哼。」松雀撕開貓咪肉泥的包裝，結果虎斑貓不為所動，店裡的其他貓咪卻瞬間湧過來。現在不只崆峒，連松雀都被困住。

「那桌的客人，你們不跟狐獴互動嗎？」店員遠遠地喊，肩膀還攀著一隻小狐獴，頭抬得高高的，不斷來回張望，相當機靈可愛。

「要。馬上來。」松雀回頭喊，趕緊把肉泥丟開，成群貓咪便追了上去。那隻虎斑貓也被騷動驚擾，從崆峒腿上跳下。

從貓咪堆中脫困的松雀與崆峒都鬆了一口氣，一起離開座位。

代號愚獴的僱傭兵，終於能完成願望，好好看看狐獴究竟是什麼樣的生物。

番外：茶

在某棟商場大樓深處，藏著一座神祕的電影院。

這間電影院只為特定的客人開啟，彷彿呼喚芝麻開門的密語，才能啟動。

電影院的主人是一名慈祥和藹的老婦人，玳瑁圓框眼鏡與褐色針織毛衣的搭配，讓老婦人看起來像隻貓頭鷹——這正是她所擁有的代號，在知曉這間電影院的人之中廣泛流傳。

貓頭鷹有她的任務，專門替上門的委託人介紹適合的傭兵。憑著銳利的識人眼力以及沉著的智慧，她可以為委託人與傭兵媒合。

除此之外，貓頭鷹不時尋覓可用的傭兵。偶爾，會遇見超乎想像的存在。

貓頭鷹期待這樣不期而遇的驚喜。

故事就是因此開始的。

這天，貓頭鷹結束了上午的會客時間，回到專屬的休息室，是打造得非常溫馨的空間，整體以暖色系為主，還配上一套柔軟的黃色布沙發。

貓頭鷹取出鍾愛的蜂蜜，然後從置物木架拿取裝有伯爵茶葉的鐵罐。她打算泡蜂蜜茶，當作是休息時間的舒緩飲品。

貓頭鷹才剛把燒好的熱水注入茶壺，便發現佇立門口的黑影。

那是一個披頭散髮，穿著寬鬆衣物有如遊民的男人。這樣的打扮與溫暖的小空間完全不搭，簡直像是繽紛的水彩畫被亂塗一道黑色顏料似的。

「還沒有你的委託，」貓頭鷹說，「但我確定你不是為了委託而來。」

男人點頭，亂髮下的眼睛有藏不住的期盼。

「噢，你這樣讓我很有壓力。」

「對不起。」男人道歉，那副無辜的神情令人不忍苛責。

「我並不是責怪你。每個人都有追求的東西，你要的很單純。」貓頭鷹往茶壺裡添入蜂蜜，用攪拌棒仔細混合均勻。

男人看著。

「有一個簡單的小委託。武當，這個麻煩你，跟我來。」貓頭鷹把整壺蜂蜜茶遞給男人，另外加上兩個馬克杯。

貓頭鷹帶著武當離開她的溫馨小空間，搭乘祕密電梯，一路直達商場樓頂。

貓頭鷹吃力地推開通外的鐵門，「這個應該交給你才對了，不過呢，把茶保護好也很重要。」隨著鐵門開啟，晴朗的、消除一切陰影的日光迎接了他們。

樓頂不對外開放，空曠無人。廣場上有一支架起的大遮陽傘，傘下是圓桌與兩張椅子。

「來吧，到這邊來。這是舒適的好位子。」貓頭鷹領著武當來到圓桌坐下。即使入座，武當仍將茶壺拿在手上。

「好了，你可以放下了。非常好，你完美地解決了這次的委託。現在讓我們來享用這杯茶。相信我，一定很好喝，這是精心挑選的蜂蜜，茶葉的滋味也很好。」

武當小心地將茶壺放在桌面，幾乎不發出一點聲音。

「細心的人，與你粗獷的……嗯，我想這已經是非常客氣的說法了。有時候看到你們年輕人的穿著打扮，會以為我是不是太老了跟不上潮流呢？不過我確定，現在的人還不會像你這樣穿。」

貓頭鷹打量武當那一身遊民似的裝扮，並非嫌惡，而是惋惜。

她看得出來，武當飽受精神層面的問題困擾，這讓他無法多花心思整理儀容。

「喝點茶，享受陽光。你看起來是日夜顛倒的人。」貓頭鷹倒了兩杯茶，一杯給武當，另一杯留給她自己。

武當端著茶，沒有喝。

「你想問什麼？」貓頭鷹出聲。

「接受委託，就會有人跟我說話嗎？」武當問。

「每個委託人都有各自的需求，與你說話反而像是在服務你了。我不會強迫你接受委託，你跟永生樹的僱傭兵不一樣。」

「什麼意思？」

「由你自己挑選。」

武當不懂。

「這樣說起來是給你開了特例。」貓頭鷹捧起蜂蜜茶，喝了一口。「嗯，很好的蜂蜜，值得用好的茶葉還有好的茶壺來裝。你試試味道。」

武當拿起茶杯，一口喝光。

「噢，如果不是想讓你保留原本的名字，我想應該可以拿牛當你的代號，你喝茶像是一條牛呢。為了避免讓你一直期待，所以我必須事先澄清——接受委託不代表有人能一直跟你說話。」

武當氣餒地聽著。

貓頭鷹對他露出安慰的笑容：「即使沒了委託，也能有人跟你說話。委託與說話並沒有絕對的因果關係。還記得嗎？我邀請你，是因為這能替你提供容身之處，我是指物質上的錢與住所。我不知道你經歷了什麼，但我看得出來，你的來歷很特別、非常特別。但是你終究有血有肉，要活下去，就需要這些。」

武當都能理解，但是依然執拗地想知道：「會有人跟我說話嗎？」

「天啊，武當！我們繞了一圈還是回到原點了。」

武當垂下頭。

「我們現在在做什麼呢？」貓頭鷹問。

武當看了茶杯，又看看貓頭鷹，然後回答：「喝茶？」

「不，不是。」

「喝蜂蜜茶？」

「謝謝你，武當。這是我調配的，我知道是蜂蜜茶。」貓頭鷹哭笑不得，「我們正在對話，我在對你說話。」

武當愣住，遲鈍地發現了某種事實，然後又陷入疑惑。

「看到了嗎？我沒對你發出委託，也不是委託人，但是我跟你說話。」

「喔！」武當似懂非懂。

「我不懷疑你的本領，但是你需要練習與人互動。然後你會明白，人與人的來往不是你誤會的那種樣子。」

「要幫人端茶，就會對我說話？」

「嗯……我想我們還是好好品嘗這壺茶，然後再繼續思索。」貓頭鷹端起杯子，讓茶香與蜂蜜甜沖散一時的無言以對。

武當照做，再倒了一杯蜂蜜茶，這次小口喝著。

白日晴光落在傘外，高聳的樓頂坐擁遼闊的藍天，可以清楚看見飛機劃過穹頂的軌跡。

意外入世的非人怪物還有很多困惑、很多的不明白，手裡的茶無法解答，與之相鄰而坐喝茶的睿智老婦人亦不打算一一明說。

貓頭鷹認為，武當總有一日會懂的，在歷經無數的跌跌撞撞以後，他會懂的。每個人都是這樣過來的，只能親自感受，無法從別人口中體會箇中滋味。

「來吧，跟我來。」

貓頭鷹放下茶杯，領著悶悶不樂的武當來到樓頂牆邊，往下俯瞰便見到馬路上不間斷的車流，以及來往的行人。

「你覺得怎麼樣？」貓頭鷹問。

「好多人，車子也好多。」

「這只是一部分，區區的一小塊。到處都是人。這也許能回答你的問題。」

武當充滿期盼。

「每個人都是一種可能，在那麼多的可能性之中，一定會有願意對你說話的人。」

「是那個人嗎？還是那個人？」高樓上的武當隨手亂指，好像興奮得想跳下樓。

「我不知道，你得自己尋求機會，去辨別所有的邀請。」

「邀請？」

「是的，邀請。比如我邀請你進入永生樹，比如我找你上樓一起享用美味的蜂蜜茶。去辨別吧，還有煩惱吧。」

「然後就會有人對我說話了？」

「我想是的。」

武當匆匆跑回圓桌，端起他的茶一口喝光。

「那我去找了，找人邀請我。說話、說話……。」

武當放下空茶杯，對貓頭鷹用力點頭當告別，便跑下樓了。

貓頭鷹叫不住他，回頭繼續眺望街景，果然見到一個穿著破舊的嚇人傢伙在大街狂奔，好像著急要尋找什麼寶物似的。

貓頭鷹不禁莞爾。

「祝福你，武當。最後你會理解的。」

末日森林 III：舊樂園與新世界

作　　者：崑崙
責任編輯：王君宇、黃深
責任企劃：藍偉貞、劉凱瑛
整合行銷：何文君
副總編輯：陳信宏、林毓瑜
總 編 輯：董成瑜
發 行 人：裴偉

封面插畫：ALOKI
裝幀設計：兒日設計
內頁排版：王金喵

出　　版：鏡文學股份有限公司
114066 臺北市內湖區堤頂大道一段
365 號 7 樓
電　　話：02-6633-3500
傳　　真：02-6633-3544
讀者服務信箱：MF.Publication@mirrorfiction.com

總 經 銷：大和書報圖書股份有限公司
242 新北市新莊區五工五路 2 號
電　　話：02-8990-2588
傳　　真：02-2299-7900

印　　刷：漾格科技股份有限公司
出版日期：2023 年 4 月 初版一刷
I S B N：**978-626-7229-33-0**
定　　價：450 元

國家圖書館出版品預行編目 (CIP) 資料

國家圖書館出版品預行編目 (CIP) 資料
末日森林 . III, 舊樂園與新世界 / 崑崙著 . -- 初版 . -- 臺北市 : 鏡文學股份有限公司 , 2023.4
304 面 ; 21X14.8 公分 . -- (鏡小說 ; 66)
ISBN 978-626-7229-33-0(平裝)

863.57　　112003559